UNA, UØNSKET

ELIN F. STYVE

UNA, UØNSKET

Roman

Redaktør: Kristin Delås
Originaltitel: Sikkert ein klemmefamilie
Oversettelse: Jesper Munck
Omslagsdesign: JM/Freepik.com

Forlag: BoD · Books on Demand, Oslo, Norge
Trykk: Libri Plureos GmbH, Friedensallee 273, 22763 Hamburg, Tyskland

ISBN: 978-82-938-7303-7

KAPITEL 1

2015

At have fødselsdag på en helt almindelig tirsdag om sommeren er det samme som at være usynlig. I al fald nu, hvor hun er voksen. Det var også kedeligt, da hun var lille. Moren prøvede altid at samle pigerne i klassen til et festdækket bord i den lille stump have bag enderækkehuset. Nogle dukkede op, selv om det var ferie. Men det blev aldrig så festligt hos hende som hos veninderne, hvor to forældre kredsede rundt om de kjoleklædte gæster og fandt på forskellige lege til pigernes højlydte fornøjelse.

Det er i dag, det begynder. Una vågner længe før alarmen på telefonen skal give lyd fra sig. Otte timer til senvagten. Hun har god tid til at komme i gang med det, hun har lovet sig selv til fødselsdagen. Om et år fra nu, når hun fylder et kvart århundrede, skal alt være i balance. Hun har kastet bort tilstrækkelig tid med at vente på, at noget skulle ske af sig selv.

Den nye fornemmelse af at være både beslutsom og modig sitrer gennem kroppen.

Telefonen vibrerer fra kanten af natbordet. "Tillykke med dagen, min yndlingstosse! Jeg gir kaffe og kage. Café i weekenden? A." Et rødt hjerte og en serpentin-emoji lyser mod hende fra skærmen. Hun begynder på et svar til Angie, men lægger telefonen fra sig igen.

Hun går den korte vej gennem stuen hen til hjørnet i køkkenet og måler op til to kopper kaffe. Ser efter om hun har noget sødt liggende i skabet, det er trods alt hendes fødselsdag. Det eneste hun finder, er en åben pakke med tørrede dadler, som hun kaster i skraldespanden. Det slår hende pludselig, at det er fem år siden hun sidst vågnede alene på fødselsdagen. Hvad mon Erlend har gang i nu? Måske har han sat en tyk, sort streg over denne dato i kalenderen? Måske har han fået en ny kæreste og fortæller hende om den skøre og krævende eks, som blev mere og mere besat – af at grave, udforske og genoprette, selv om både han og moren forsøgte at få hende fra det. Hvem ved?

De sidste timer i sengen må hun mere eller mindre bevidst have arbejdet med planen. Form, indhold, ord. Et billede på nethinden af modtageren på den anden side. Lidt tynd i toppen, men ikke gråhåret, mørke øjne, bred og lidt afrundet over skuldrene, med et skævt smil som han viser frem på nettet og i videoer. Vil han undre sig over, hvorfor det kommer netop denne dag, vil datoen sende ham et budskab? Una prøver at se for sig, hvad han kan have tænkt, når han har vågnet den syvende juli de sidste seksten år.

Moren ringer og ønsker tillykke.

– Synd at vi arbejder modsat af hinanden i dag, ellers kunne jeg ha' lavet noget lækkert til dig. Hvad med weekenden, kommer du?

Una overkommer ikke at sige nej, selv om hun helst vil være alene.

– Lørdag efter min tidlige vagt passer fint.

– Balder glæder sig til at se dig. Han har mistet en tand! Årene begynder at kunne ses på ham, Una.

Ordene sender et stik af uro gennem hende. Hun orker ikke at forholde sig til morens stadige hentydninger om det, der snart må ske med den alderssvækkede hund.

– Ha' en fin dag, håber de gør noget ud af dig på arbejdet!

– Mor?

Moren har allerede afsluttet samtalen, og Una hører bare svage dut før hun selv lægger telefonen fra sig.

Una ville have spurgt om den dag, hun blev født, selv om hun havde fået det fortalt mange gange før. Hvem var med til fødslen, jordemoderen, hvorfor ikke far, nej, det er ikke altid det lader sig gøre. Tænk, jeg var så forelsket i dig, at da jeg kom ud fra barselsafdelingen, så havde jeg helt glemt min adresse, da jeg sad i taxaen med dig i en lille kurv. Men far, hvornår så han mig, nej, det … det husker jeg ikke, du var vel et par måneder. Han syntes også du var nydelig, men det har jeg jo sagt mange gange.

Hver gang Una spørger, vil hun have flere detaljer, et skarpere billede, lægge lyde, farver og følelser til historien, men moren fortæller bare det samme om og om igen, hurtigt og mekanisk. Fik han det overhovedet at vide, den dag hun kom til verden?

Una kommer af det latinske ord uno, som er tallet en. Hun er sikker på, at moren havde en mening med navnet. Hun havde nok i hende, ville kun have hende, ingen mand og ikke flere børn, kun Una. Og Una den ene måtte vokse op med at savne alt det, moren ikke ville have.

Hun åbner det korte Word-dokument, som ligger klar på laptoppen, markerer alt, kopierer og sætter ind.

Kære Tor Høyseth,

Jeg er freelancejournalist for gratismagasinet Plusstid, som har børnefamilier som sin primære målgruppe. Vi interviewer kendte personer, som har markeret sig med nyskabende tanker. Der er tale om en ny artikelserie, og jeg vil spørge dig, om du som en af de første har lyst til at deltage? Det er hurtigt overstået, og du kan svare via mail. Spørgsmålene ser du her:

1.	Hvem er den vigtigste person for dig?
2.	Hvad er du mest stolt af i dit liv?
3.	Hvad ville du have gjort anderledes, hvis det var muligt?
4.	Hvem eller hvad har præget dig mest, når du ser tilbage på dit liv?
5.	Hvad betyder familien for dig?

Både den falske Gmail-adresse og det meste af indholdet er udtænkt for længe siden, hun gør bare nogle få justeringer og underskriver med navnet hun fandt på i farten, da hun oprettede mailadressen. Hun føler sig forbavsende afslappet, næsten munter, idet hun sender den frimodige mail til hans officielle kontaktadresse.

I næste sekund bliver hun hed i ansigtet. Det sidste spørgsmål var temmelig søgt, hun fortryder. På den anden side, så passer det vel godt til et magasin som Plusstid? Det har trods alt "inspiration, tips og råd til familien" som motto, og da må familieværdier vel også indgå som et naturligt element i helheden.

Mailen er sendt, det er for sent! Nu må hun holde fast ved det, han til stadighed minder hende om. Jo, spørgsmålene er relevante. Til eftertanke, som det hedder. Hun beroliger sig, overbevist om at det er hende, der har kontrollen. Første skridt er taget. Hun skal holde fast i planen.

Kaffen svier i hendes tomme mave, men i stedet for at lave morgenmad klikker hun sig ind på hans YouTube-kanal.

– Før du slår dig til ro med at noget er umuligt, så lav en liste over, hvad det egentlig er, som hindrer dig. Jeg vil tro at du finder ud af, at det ikke er så vanskeligt, som du troede i første omgang?

Faren smiler mod hende med åbne arme foran overkroppen. Han har jeans og hvid t-shirt på, hårene på armene ser solblegede ud.

Hun bliver forskrækket, da en firkant glider ind i nederste højre hjørne af skærmen. Han svarer så hurtigt, at hun ikke har nået at forberede sig på at have ham i den anden ende, at de deler øjeblikket i samme virtuelle verden. Hun tør ikke åbne mailen, går ud for at hente et glas vand. Lader vandet rende længe, hænderne skælver og vandstrålen havner på ydersiden af glasset. Hun aftørrer det omhyggeligt med kluden, som hænger over vasken, før hun igen nærmer sig computeren.

"Tak for venlig invitation til et interview. Jeg ville naturligvis gerne have haft større spillerum til at snakke om disse emner, men jeg forstår formatets begrænsninger. Jeg er med!" skriver han. Og fortsætter med at levere sine svar.

1. Må jeg kun nævne én person? Da må det blive Erna – og samtidig tilføje at hun har bragt vores tre fantastiske børn til verden!

Hun læser sætningen to gange, bider sig i læben. Tre. Ikke engang et lille hint om at hun findes. Hun får ondt af ham. Det er selvfølgelig vanskeligt at komme ind på så alvorlige emner i en kort artikel, hvad havde hun forventet?

2. Jeg bestræber mig på ikke at fremtræde stolt, snarere ydmyg over for de chancer livet har tildelt mig. Men helt konkret – ja, jeg har skabt min egen virksomhed, og det går godt. Er stortilfreds med det.

3. Jeg kan ikke sige, jeg ville have gjort noget meget anderledes. Jeg vil hellere sige det på denne måde: Ingen kan gå tilbage og fabrikere en ny begyndelse, men alle kan begynde i dag og skabe en ny slutning!

Una mærker en strøm af varme løbe gennem kroppen. Læser sætningen igen. Hvor får han det fra? Det er jo netop det, hun vil, skabe en ny slutning. Ingen beskyldninger, ingen spørgsmål, bare begynde i dag, finde hinanden og skrive slutningen sammen. Hun skal gå til ham, når hun trænger nogen at støtte sig til. Når moren, Angie og arbejdet ikke er nok.

4. Det må være, at jeg opdagede min evne til at være katalysator for andres selvudvikling, og at responsen jeg får, gør mig endnu bedre i den rolle. En selvforstærkende, positiv spiral!

5. For nu at sige det med Bjørnstjerne Bjørnson: "En familie som holder sammen, er uovervindelig." Der har du os.

Det sidste svar giver et stik i maven. De uovervindelige. Hvem er fjenden? Hun rejser sig, det prikker i fingrene, rummet krymper. Så hurtigt kom svarene på det, hun har brugt uger på at forberede. Hvad gør hun nu, hvad var planen egentlig?
Hun må tage tøj på, komme ud og få luft.
Før hun får lukket laptoppen, kommer der en ny mail til hendes opdigtede journalistnavn. Hænderne dirrer. Hun klikker sig ind på indholdet.

"Hej igen!
Jeg har sendt dig de svar, du bad om. Hvis Plusstid vil komme til et af mine foredrag og høre lidt mere om mine tanker, så er det bare at give besked. Stiller også gerne op til et mere uddybende interview omkring disse spørgsmål. Jeg kommer snart til jeres område i forbindelse med et foredrag. Har nogle ideer til visualisering med motivation og optimisme som tema.
Kan jeg fange dig på telefonen?"

Una tripper frem og tilbage på gulvet, krummer sig sammen. Nu er han tæt på. Et par tastetryk, og de kan blive far og datter igen. Det suser for ørene.
Så sletter hun den falske profil.

Da hun kommer hjem fra dagvagten dagen efter, klarer hun næsten ikke at skelne det sidste døgns hændelser fra hinanden. Arne og Ingrid havde ønsket hende tillykke med fødselsdagen, eller var det Jan og

Ingrid? Udfyldte hun alt det hun skulle i rapporten, inden hun gik fra aftenvagten? Hvornår faldt hun egentlig i søvn, da hun kom hjem? Hun sparker sandalerne af og lægger sig barbenet på sofaen. Trækker et bomuldstæppe over kroppen.

Hun vågner langt ud på aftenen. Den sorte samvittighed slår til med fuld styrke, så snart hun åbner øjnene.

Jeg kan ikke sige, jeg ville have gjort noget meget anderledes.

Hvad skal det betyde?

Una kaster tæppet af sig og går mod badeværelset. Lægger tøjet i en bunke på det varme gulv, tænder for vandet og tester temperaturen med hænderne før hun træder ind i den trange brusekabine. Hun vælger den dyreste flaske fra kurven under blandingsbatteriet, sæben som dufter af enebær og mandel. Hun gnider skummet mod kroppen og er grundig omkring halsen og brystet. Den milde duft får hende til at stige i værdi, og når hun træder ud på baderumsmåtten, klarer hun igen at holde sig selv ud. Vandet drypper ned på skuldrene fra det halvlange hår, selv efter at hun har viklet håndklædet rundt om hovedet. Dampen kryber langsomt væk fra spejlet, og hendes ansigt kommer til syne. De grønne øjne ser matte ud. Kinderne er flammende røde.

På vej ud fra badeværelset med morgenkåben knyttet om livet stopper hun ved kalenderen på væggen i den trange entré. Den lammende fornemmelse efter det hun gjorde i går, er fortrængt af driften mod næste skridt. Synet af den røde ring rundt om onsdag den niende september giver hende ro. Næste chance er blot en kort ferie, tre arbejdsweekender, otte aftenvagter og en bustur væk.

KAPITEL 2

1993

Tor vejrede varslet om undergang idet han trådte ind ad døren. Da han satte skoene fra sig og hængte jakken op i den mørke gang, lød hver lyd som små knald, som om den kvælende stilhed fra nogen der ventede i huset, tog fat i hans bevægelser, og sendte dem som skud gennem luften. Fornemmelsen af ikke at være alene og samtidig ikke vide hvor fjenden gemte sig, gik som et gys gennem ham. Er det nu, tænkte han. Er det nu det brister?

Velourgardinerne tillod ikke lyset fra sommeraftenen at trænge ind, kun en væglampe var tændt i stuen. Han førte hånden op langs venstre side af dørkarmen og tændte for kontakten.

Med ét stod Erna foran ham. Han førte underarmen op foran ansigtet, med håndfladen vendt mod hende som et hjælpeløst værn mod katastrofen. Hun så på ham med vidtåbne øjne. Med åben mund hev hun efter vejret, kvalte et skrig, idet hun fandt sin stemme og formede den til en mørk, murrende lyd. Med en dirrende hånd holdt hun et billede op mod hans ansigt. Et glimt af ham

selv med den lille pige på armen flimrede forbi før
billedet blev smidt bagover og landede på gulvet.

– Hvis det her kommer ud, tager jeg livet af mig!

Hun bankede højre knytnæve mod hans brystkasse.

Han greb hende i skuldrene, hun vred hovedet og bed
ud efter hans hænder.

– Din liderlige idiot!

En mørk hårlok lagde sig over hendes ene øjenlåg.

Han tog fat i begge hendes overarme, mærkede at
grebet tvang hende nedover til knæene ikke længere
kunne bære. Han slap taget og tog et skridt til siden,
genfandt balancen. Hun gjorde det samme. Urolige
prikker og sorte felter dannede et slør mellem ham og
det måbende ansigt han stirrede ind i.

– Tænk på at ungerne sover.

Hans stemme var mekanisk. Han rømmede sig,
famlede efter flere ord, fandt dem ikke.

– I to år! Hvad i helvede har du tænkt på? Besøger du
flere horeunger, som jeg ikke kender til?

Stemmen var så høj, at det lød som om struben skulle
sprænges. Mens skældsordene haglede over ham, stod
han som var han frosset fast. Så ikke bort, borede blikket
ind i hende.

Han trådte et skridt tilbage, støttede sig til væggen og
satte den ene arm i siden. Hun faldt ned på knæ og
foldede hænderne over hovedet. Han samlede forsigtigt
billedet op fra gulvet. Hendes grådkvalte lyde forfulgte
ham ud i gangen. Han lyttede op mod anden sal. Der var
stille.

Næste dag parkerede han bilen et stykke væk fra
huset. Gik sagte i gruset mod indgangsdøren. Han
svedte i gårsdagens klæder, kløede sig i skægget efter en

søvnløs nat på pensionatet i centrum. Receptionisten med det skæve ansigt, alle vidste at et slagtilfælde næsten havde taget livet af hende, havde gransket ham med blikket da han tjekkede ind.

Der var kun akkurat kraft nok i hånden til at trykke håndtaget ned, da han åbnede yderdøren. Han havde mest lyst til at vende om igen og gå. Han vidste det: Nu ville han få et nyt kompas, hvor Erna førte pilen som han måtte orientere sig efter.

Inde i stuen trak han gardinerne så langt til side som muligt og åbnede skydedøren. Han trak vejret med ansigtet vendt ud mod terrassen. Erna lå urørlig på sofaen med samme tøj som aftenen før. Han gik forsigtigt hen til hende, hun så op, men blikket gik forbi ham.

– Erna, det er bedst at lade det ligge. Hvor er ungerne?

Hun svarede ikke.

KAPITEL 3

2015

Solen står stadig højt på himlen. De bløde stråler fra vinduerne afslører et lag støv på sofabordet, hvor der ligger en stabel med ulæste blade. Una lægger sig halvvejs ned med en bog i hånden, men åbner den ikke. Himlen er synlig fra hvor hun ligger. De lange, lyse aftener er udmattende, der sker altid et eller andet, der er hele tiden mennesker, støj og uro udenfor. Hun glæder sig til at dagene bliver kortere og luften får kolde kanter. Med mørke ude finder hun mere ro inde, fred til at fremmane billedet af faren, hans stemme.

Hun griber fat i tankerne, prøver at genkalde sig lugtene, lydene og bevægelserne. Farverne omkring dem når hun og moren af og til fik besøg. Billederne forsvinder, hun lukker øjnene, genopliver dem, indfanger følelsen af at stå midt imellem de to. Spændingen i rummet, den kolde luft han bragte med sig ind i entreen, og som hang ved ham, når han bøjede sig ned. Altid med en gave i hånden som hun fik før han tog jakken af. Det spraglede linoleumsgulv i gangen, det gule træpanel på væggene. Den hæklede dug på sofabordet i stuen, hvor kaffen blev serveret og hun fik lov til at sidde på skødet. Stilheden når han var gået. Bare hende og moren tilbage, og gaven.

Det allerfineste hun fik var et dukkehus. Hun huskede at det kriblede i maven, da han bøjede sig ned og placerede figurerne i huset rundt om et bord inde i køkkenet, og lavede lyde som om de snakkede sammen. Hans fingre var tykke og klodsede, næven så stor at han nærmest raserede inventaret i det lille rum. Dukkehusets ydervægge var hvidmalede og taget var rødt. Figurerne omkring det lille køkkenbord var fire personer, to voksne og to børn. Stuen var gul, og det ene soveværelse havde rosa tapet. Bittesmå billeder hang på væggene.

Una stirrer på spindelvævet rundt om lampefatningen i loftet. Hun får lyst til at ændre på indretningen i den trange lejlighed. Der er et mærke på væggen efter det store billede af hende og Erlend, nu må hun snart få hængt noget andet op. Det var befriende at tage det pinlige billede ned. De to, smilende og solbrune på en restaurant i Portugal, begge fremviser en glat guldring mens de skåler. Dengang havde hun til og med striber i håret, tørre og strittende spidser, bleget af solen oven i den kemiske mishandling fra frisøren. Det mørkebrune hår var ikke overbevisende blevet blondt, men havde fået en pissegul farve, som fik hende til at se billig ud. Alligevel havde hun følt sig voksen og fin.

Foreløbig er billedet ikke kommet længere end til kælderrummet. Hans CD'er står stadig i en papæske på bogreolen.

"Bare behold dem," havde han besvaret hendes sms, som om det var en stor gestus at ofre musikken, som kun han var interesseret i. Til én som udelukkende bruger Spotify. Hun tør ikke smide dem væk.

Nu kan hun mødes med Angie så meget hun vil, uden at han bliver sur, nyde ensomheden og aftenerne uden sportsudsendelser larmende i baggrunden. Hun var længe bange for, at det at blive alene ville føles som det modsatte af frihed. Hun havde et tomrum i sig, som hun ikke troede hun kunne udfylde på egen hånd. Men da hun slog op, som det hedder, var hun overrasket over hvor enkelt det var. Det kaos, som hun frygtede ville opstå, dramaet hun så for sig, kom ikke. Erlend lagde ringen fra sig på hylden i badeværelset, sagde at hun kunne smelte den om og gik. Han mødte ikke hendes blik, spurgte ikke om noget, gjorde ikke mine til at ville forsøge igen. Ringede ikke.

Den første tid, mens hun prøvede at gennemtænke forløbet, undrede hun sig stadig mere over, hvad kærlighed egentlig var, når det kunne være så enkelt at forlade nogen.

Single. Det er ikke så skræmmende, som hun havde troet.

Tomrummet har ikke med Erlend at gøre.

Benene er urolige, hun bør komme ud og gå en tur med Balder, men blive draget mod laptoppen, som ligger åben på bordet. Hun sætter sig op. Farens netside lyser igen mod hende.

Befinder din virksomhed sig i en bølgedal? Husk at det kinesiske tegn for krise er sammensat af tegnene for "fare" og "mulighed". Vi giver dig værktøj til at udnytte latente ressourcer i organisationen!

Fingeren bevæger sig op over touchpaden til "Menu" og ender på "Om os".

Tor Høyseth, født i 1961. Lang erfaring med salg og markedsføring i IT-sektoren. Selvstændig næringsdrivende inden for motivation og personlig udvikling siden 2010.

Portrættet af ham ved siden af omtalen er det samme som smiler hende i møde på Facebook og YouTube.

Hun klikker sig gennem menuen og ind på "Arrangementer". Nederst på listen står der:

26. november: MotiVærket, forsamlingshuset, Dalen centrum: Seminar for dig som vil skabe noget nyt, men ikke helt ved, hvor du skal begynde.

Et par møder andre steder i landet står også på listen for efteråret. Øverst i kolonnen står datoen i september som hamrer i Unas hoved og lukker næsten alt andet ude. Hun lukker netsiden og kniber øjnene sammen. Hvad nu hvis han finder ud af, at det var hende? Kan hun have ødelagt næste skridt? Hun var gået for hurtigt frem. Den virtuelle forklædning. Himmelråbende idiotisk. Måske havde moren ret i, at hun burde beskyttes mod sig selv. Den velkendte fornemmelse af hjælpeløshed ulmer igen i brystet.

YouTube. Hun opsøger videokapitlet som handler om selvrespekt.

– Det vigtigste du kan gøre, er at tilgive dig selv.

Faren smiler venligt mod hende.

– Giv dig selv en ny chance. Når du vågner i morgen, kan du bestemme dig for at være den bedste udgave af dig selv. En lille fejlvurdering i dag skal ikke definere troen på dig selv i fremtiden.

Han løfter højre hånd og peger ret frem, mod hende.

– Husk: Det er aldrig for sent at omgøre et fejltrin til personlig vækst.

Una mærker at håret klæber sig til huden, varmen stiger fra halsen og op i kinderne. Hun sætter videoen på pause.

KAPITEL 4

Engvik centrum virker mindre for hver gang Una har været i en anden by. En håndfuld lysregulerede kryds, en lille park med høje svalende lønnetræer og gult sand på gangstierne. Den gamle skrøbelige kirke er pakket ind i stillads og presenninger. Mormors grav ligger otteogfyrre skridt fra kirketrappen, Una ved det, hun har det med at tælle, når onde tanker skal holdes på afstand. De fleste af de butikker, som befandt sig langs fortovet, da hun var lille, har taget varerne med sig til det regnvejrssikre og parkeringsvenlige, nye indkøbscenter. Men cafeer er der stadig mange af. Om ikke så spændende et udvalg, så varieret nok til at man ikke behøver kede sig helt ihjel.

Idrætshallen ved forsamlingshuset er stadig i drift, men svømmebassinet har været uden vand i flere år. Hun gik til gymnastik for børn midt i ugen og til svømning sammen med Angie og hendes forældre hver anden uge. Allerede i første klasse kunne hun svømme under vandet på tværs af bassinet.

Hun ønskede at faren var med og kunne se det.

Dette er ikke et sted for singler, tænker Una på vej til supermarkedet to gader fra lejligheden. Men hun ved ikke, hvor hun ellers skulle bo. Ville hun have haft det bedre i en større by, med et andet job? Kommer hun til at ligne moren efter et langt voksenliv alene her i Engvik? Hun vil hellere ligne faren. Perspektiverne han præsenterer for publikum – og til hende uden at vide det – er dybere end morens uentusiastiske betragtninger om tilværelsen. Også end Angies, for den sags skyld.

Joker har tikronerstilbud på tomatsuppe og pakninger med tre dåser majs. Una trækker handlekurven efter sig, det ene hjul strejker og laver en irriterende lyd. Fra reolen med konserves ser hun Trudes ludende ryg ovre ved frugtafdelingen. Una forsøger at snige sig rundt om hjørnet til enden af reolen, men den gamle lærer fra folkeskolen har set hende.

– Una, det er længe siden!

Trude går mod hende og stopper når hun er helt tæt på. Una træder et kort skridt tilbage, men læreren bøjer sig fremover og holder sig tæt på hendes ansigt. For tæt. Håret er blegbrunt med en grå stribe langs midterskilningen og foran ørerne. Hun lugter af ost, ligesom hun gjorde det, når hun lænede sig ned for at hjælpe Una med skolearbejdet, men lugten virker stærkere nu. Una bøjer nakken svagt bagover.

Hver gang hun ser Trude, skyder der en skarp pil af skam gennem Una. Som voksen gik det op for hende, at lærerne måtte have gennemskuet hendes hvide løgne de første år på skolen. Om at faren boede hos dem, men ofte var på lange rejser. At han havde et vigtigt job og ikke havde tid til at være med til skoleafslutningerne og idrætsarrangementerne. Historierne som de andre børn købte, mens de voksne nok tænkte deres.

– Hvordan går det, skal du ud at rejse i sommer? Ja, jeg regner med at du rejser en del med ham din forlovede, jeg har glemt hvad han hedder.

Trude snakker med høj og skingrende stemme, Una ser til siden.

– Ingen store planer i år, nej, siger hun lavt og træder et skridt til højre.

– Og du da?

– Nej, vi får huset fyldt med børn og børnebørn hver sommer, vi behøver ikke rejse så langt, du ved. Hvordan er det med din mor, er hun stadig … alene?

– Hun har det fint. Bor for sig selv, ja.

Una forsøger at se venlig ud. Hun bevæger sig sagte mod pålægshylden, stadig i øjenkontakt med Trude. Den aldrende kvinde smiler bredt mod hende.

– Du må hilse Grete!

Una lægger lærredsposen med varer i cykeltasken. Fredag den tiende juli. Hun er fireogtyve år og tre dage. Faren venter på at blive citeret i Plusstid, en familie som holder sammen, er uovervindelig.

Una den umulige har rodet det hele til igen.

Benene føles kraftløse mod cykelpedalerne. Hun parkerer uden for helsekostbutikken. På vej ind ad døren tager hun telefonen halvvejs op af lommen. En ny opdatering af YouTube-abonnementet lyser mod hende. Det giver et stik i maven, og hun putter telefonen tilbage.

– Disse bruger jeg selv, med melatonin falder du hurtigt i søvn. Ingen bivirkninger, du mærker ingenting dagen efter.

Una nikker taknemmeligt for håbet, som den hårdt sminkede kvinde bag disken pakker ind i en grøn papirpose.

Næste dag holder alle andre weekendfri og sommervarmen sænker tempoet på alt som rører sig på en stille lørdag morgen. Kæledyr døser allerede hen i skyggen ved husene som Una cykler forbi på vej til morgenvagten. Sommerfuglene får ekstra opdrift af den varme luft. Det er en lettelse at skulle arbejde hele weekenden. Arbejdsrammerne for dagen skærmer hende mod de skarpe farver og kaskader af stråler som flimrer for hendes øjne, når hun er alene. Som sender hende ind i et trangt rum, hvor de vægge hun vil støtte sig til, opsluger hende i stedet.

Afdelingen vender mod sydøst, de sikrede vinduer gør det umuligt at åbne til mere end en lille sprække. Ventilationsanlægget i den gamle bygning har ikke gjort nytte i mange år. Una sluger en yoghurt med müesli, vil gemme appetit til middagen, som moren har lovet hende.

– Lægen kommer efter frokost, jeg skriver at du vil snakke med ham om det.

Patienten som står og tripper uden for vagtrummet og vil diskutere sin medicinering, slår sig til ro med hendes svar. I modsætning til de fleste andre indlagte vil han have mere, ikke mindre psykofarmaka.

Jeg har i det mindste styr på dette, tænker Una. Patienterne stoler på mig. Ingen af dem ved, at jeg er blevet lige så skør som dem, haha.

Hun kaster yoghurtbægeret i spanden med restaffald og tørrer hænderne med en vådserviet. I dag har hun fået hovedansvar for en gammel kending. Lena med det vagtsomme, tillukkede ansigt er kommet tilbage til klinikken, og efter nogle dage med medicinering mener overlægen at hun kan få lov at gå en tur ud i varmen.

Una var næsten blevet glad for at se hende igen, selv om det var helt forkert.

Du skulle ikke have været her, Lena. Du skulle have været frisk og fri til at nyde sommeren. Du skulle have fået en pause fra dine stemmer, din familie skulle have taget sig af dig i stedet for at støde dig bort. Una holder ordene for sig selv på vej mod kvinden med den søde opstoppernæse og de lange, mørke krøllers værelse.

– Hvordan går det med dig, Lena?

Lena ser udtryksløst på hende.

I epikrisen refererer psykiateren mekanisk til traumer fra tidlig barndom. Seksuelt misbrug og vanrøgt. Besat af religiøse dogmer hun fik indprentet af familien. Når det er værst, befaler nådesløse stemmer at Lena skal skade sig selv. Hun lægger sig som regel frivilligt i bælteseng, når hun fornemmer at de får overtaget.

– Det er dig, når du er bange, sagde Lena til Una sidste gang hun var indlagt, og gav hende en tegning med en bleg, nøgen krop med ryggen til. Una syntes tegningen var både smuk og uhyggelig på en og samme tid. Figuren på papiret bøjede hovedet svagt fremover og hævede skuldrene som for at beskytte sig selv. Hun købte en ramme til kunstværket, det hænger i soveværelset.

Lena må ikke have spidse genstande på værelset, men har et lille sæt med bløde, fede farvekridt, som hun bruger når hun er i humør til at skabe noget. Og en klæbrig gummimasse til at hænge det op med. Lærertyggegummi husker Una de kaldte det i skolen.

Una må gå ud med Lena siden hun kender hende så godt. De går langsomt en kort tur rundt om klinikken, Una vil undgå trafikerede veje. En langhåret, spraglet kat kryber frem fra skyggen under den store syrenbusk, som allerede har kastet sine blomster ned på jorden. Lena stopper og snakker med lys stemme til katten, som stryger sig mod hendes ben. Så sætter hun sig på jorden og tager den i skødet. Katten presser snuden mod hendes hage. Una nyder synet af, at ansigtet på kvinden foran hende åbner sig.

– Nu må vi vist se at komme tilbage, siger Una efter en stund, og ser op mod vinduerne på tredje etage. Lena slipper katten og rejser sig, de går sagte mod klinikkens indgangsparti.

Hendes ansigt lukker sig på ny.

– Det var ikke min skyld, siger hun og ser ned på fødderne mens hun går. Overkroppen vipper frem og tilbage med hakkende bevægelser for hvert skridt hun tager.

Una forstår at stemmerne er på vej tilbage, hun må få hende ind.

– Ingenting er din skyld, Lena.

De nærmer sig indgangen. Da Una holder døren for den næsten jævnaldrende kvinde, ser hun, at hendes blik befinder sig et sted, hvor ingen vil nå frem.

KAPITEL 5

Eftermiddagssolen og den vindstille luft omdanner morens lille have til en dampende gryde. De holder sig inde med varmepumpen stillet på køling, og Una strækker sig i den behagelige, regulerbare stol. Moren fører en næsten færdigstrikket bomuldstrøje op til brystet og holder ærmerne ud til siden. Kaster et forsigtigt blik mod Una.

– Fin, eller?

– Mmm. Men en lidt kedelig farve. Men den passer til dig.

– Jeg mener, beige klæder dig. Men jeg kan bedre li' skrappere farver til mig selv.

Una er spag i stemmen, ved at ordene sårer, men det er for sent.

Moren synker sammen i overkroppen. Hun lægger strikketøjet fra sig, rejser sig og lægger et nyt bundt garn over stoleryggen. Hun vinder garnet op uden at se på datteren.

– Skal jeg ikke hellere holde?

Moren svarer ikke. Rummet fyldes af den hviskende lyden fra garnet, som bliver trukket mellem hendes fingre.

Alt med moren er beige, tænker Una. Måden hun snakker på, er beige, hendes lille omgangskreds, maden hun laver, de sange hun nynner, er beige. 80-procentsstillingen til én som har alverden af tid. Sagsbehandler i socialforvaltningen på niende år. Alt skal være gennemsnitligt, ingenting må stikke ud, hun stikker ikke ud. Der kommer aldrig noget overraskende fra hende, alt er ansvarligt, trygt og forudsigeligt.

Grete. Uden h. Selv hendes navn er beige. Una havde haft besvær med at sige g da hun var lille, det blev til d i stedet. Siden de bare var de to, faldt det Una naturligt at kalde moren ved hendes navn, men hun klarede det ikke, hun sagde Drete. Hun forstod ikke hvorfor folk lo, og blev flov.

– Bare kald mig mor, så går det lille skat.

Kun når nogen omtaler bureaukrater og sagsbehandlere som overflødige papirnussere, bliver moren ophidset.

– Hvad er måske alternativet? udbryder hun dersom nogen prøver sig med en uskyldig ytring.

– Bureaukratiet er garanten for ligestilling og retfærdighed!

Hun gentager gang på gang hvor stolt hun er over at forvalte love, som skal sikre borgerne en sporbar og juridisk korrekt behandling foretaget af neutrale fagfolk. Foragt for det offentlige forarger hende. Hun er også arg modstander af karensdage.

– Hvis der bliver indført karensdag her i landet, så demonstrerer jeg!

Yes, sure, tænker Una hver gang moren puster sig op.

Faren er stik modsat. Hun ser ham for sig, læser om ham, han er så langt fra at være beige som det overhovedet er muligt at være. Han er selve regnbuen af kreativitet og initiativ, én som kan med ord og mennesker, som står for noget, som betyder noget for andre. En kunstner, det er det han er. Hvis ikke han fandtes, ville alt det. som bare var muligt for ham at skabe, ikke eksistere. Mange ville være fattigere, lede efter løsninger på håndteringen af tilværelsen og den korte tid de har på jorden. Han kan ændre folks liv, det siger de i hans kommentarfelt, han har åbnet deres øjne. Moren er en beige bureaukrat, som ikke vil trækkes i løn for første sygedag. Men den nørdede interesse for stjernebilleder i græsk mytologi adskiller hende fra andre mødre på den gode måde, tænker Una. Hun lærte tidligt at finde himmelretningen fra nord, og længe troede hun, at morens fortællinger var sande.

– Der ser du Karlsvognen, og fra de to forreste stjerner i vognen skal du forestille dig en lige linje videre op til Nordstjernen. Og der er Orion mod syd, ser du den?

Una havde forstået, hvad der skulle forestille bæltet, men først som voksen forstod hun, hvilke stjerner som viste en torso.

– Orion var en farlig jæger, som skræmte og fulgte efter syv smukke søstre, som dansede og sang ude i skoven. Plejaderne, blev de kaldt.

Moren hviskede som David Attenborough.

– Selv efter at Jupiter havde forvandlet dem til duer, som fløj højt på stjernehimlen, fortsatte Orion at skræmme Plejaderne hver eneste klare vinternat. Nu udgør de Syvstjernen, men som regel er der kun seks af dem, som er lette at få øje på.

Una retter sig op, stolens understel glider langs skinnerne til ryglænet peger mod loftet. Balder kommer og lægger en slimet kæbe på hendes lår. Han ser på hende med tag mig med ud-blikket. Hun klapper ham på hovedet og tilgiver, at han har tilsvinet hendes bukser.

– Har du nogle billeder fra da jeg var lille, som du ikke har vist mig før?

Hun knipser med hånden og strækker armen mod gulvet for at hunden skal forstå, at han må lægge sig ned. Hun vil lette på stemningen efter den hensynsløse kommentar om trøjen, men allerhelst vil hun på sporet af det, der aldrig bliver talt om. Ham der aldrig bliver talt om.

Moren sender et skævt smil, som om hun har afsløret den forsonende bagtanke, og går hen til chatollet ved stuevæggen.

– Du har jo set alle billederne før, men jeg kan se om jeg kan finde nogle rigtig gamle, som vi ikke har set på længe. Hendes tone er lysere nu, de nærmer sig hinanden igen. Una fornemmer en svag skælven i maven. Skal hun fortælle om sin plan?

Billederne ligger i en stor, oprevet konvolut med morens navn og adresse udenpå. De er ikke sorteret efter dato, nogle er uskarpe, andre er så mørke og kornede at det er vanskeligt at genkende folk. Men de er under alle omstændigheder ikke af ham. Ingen af billederne er af faren, eller af faren og hende sammen. Una holder den tynde bunke i venstre hånd og kaster billede efter billede bagover med højre. Hun stopper ved billedet, som viser hende foran et stort bur, hun har en rosa t-shirt og blomstrede, halvlange bukser på. Det lyse hår er fæstet i en hestehale. En lille, behåret abehånd holder fast i et gitter lige bag hende. Det må have været faren, som tog billedet.

Hun husker, at klassen netop havde sunget til skoleafslutningen. Denne gang følte hun sig meget ældre end forrige gang de sagde farvel i gymnastiksalen, da hun afsluttede første klasse. Una ser sine små fødder hoppende hen over gulvet, frem og tilbage mellem køkkenet og stuen. Hun får igen den skælvende fornemmelse i maven over at han snart skulle ringe på, fornemmelsen af at håret klistrede sig ind til den fugtige pande idet hun løb ud og ind af sit værelse, maste på moren om klokken. Hun ser moren for sig, halvt glad, men tom i blikket – træt? Bange?

Da dørklokken endelig ringede, sprang hun foran moren mod entreen, men stillede sig bag hende da døren gik op. Moren skubbede hende forsigtigt frem mod faren og så gådefuld ud.

– Bare vent lidt her, Una.

Han kom ikke ind. Han og Una stod og så på hinanden, mens moren rumsterede inde i et kammer.

– Så er vi klar!

Moren kom ud med en taske og en sovepose i hænderne. Una fulgte efter. Faren lagde udstyret i bagagerummet, forældrene hviskede med hinanden. Da faren med hånden gav tegn til afrejse, kendte Una en uro i kroppen.

– Hvor skal vi hen?

– Vent og se, sagde faren og satte sig ind på forsædet.

I tillæg til rejsetasken havde moren pakket en lille rygsæk, som hun lagde på bagsædet ved siden af Una.

Hun trådte et par skridt tilbage og løftede hånden til et venligt vink mod datteren.

Una ser på billedet af sig selv med chimpansearmen i baggrunden. Hun får den samme følelse i benene som hun fik, da hun fra bilen så moren stå på stadig længere afstand med hånden i vejret.

Som om de visner.

– Vidste du, hvad vi skulle den gang?

Una holder billedet frem.

– Ja, selvfølgelig var alt planlagt. Du var jo så interesseret i dyr.

Morens stemme er spag, som om hun er kommet i tvivl om, det var en god idé at sende sit barn af sted uden at fortælle, hvad der skulle ske.

– Hvorfor var du ikke med?

– Men det gik jo ikke, det ved du da.

Det var det, hun ikke kunne forstå. At de aldrig kunne gøre som en normal familie. At gå sammen, med hende i midten, hoppende, hængende mellem forældrenes hænder.

– I kunne da godt ha' lavet noget sammen med mig begge to, bare en enkelt gang?

Hver gang faren var der, var det som om hendes mor indstillede et stopur, hvor viseren susede rundt med dobbelt hastighed, og Unas hjerte var nødt til at slå i samme tempo for at få med hvert eneste af de dyrebare sekunder. Måske er det derfor, hun har så god en hukommelse om alt omkring ham, når han kom. Så længe han kom.

Eller har hun?

Hun husker, at hun sad på en hård pude med en sikkerhedssele over sig. Han havde begge hænder på rattet, og hans lyse hår stak ud af skjorteærmet og strakte sig frem mod håndryggen. Han havde en guldring på højre hånd. Fra bagsædet kunne hun se farens øjne i det smalle spejl foran ham, det lignede et indrammet billede derfra hvor hun sad. Hun kunne se på ham i lang tid, uden at han lagde mærke til det, for han kiggede ret frem på vejen.

Hun kiggede ned i den lille taske ved siden af sig. En madkasse, en flaske saft og to æbler.

– Skal vi på ferie?

– Ikke ligefrem ferie, men på tur. Jeg tror, du kommer til at li' det!

Nu mødte han hendes blik i spejlet, han så glad ud. Den ene af hans fortænder var skæv, som om nogen havde savet en del af kanten af.

Den lyse tone i hans stemme gav Una en varm følelse i kroppen.

– Kan du vejen?

Det var blevet lettere ikke at tænke på moren hele tiden.

– Ja, selvfølgelig!

Faren så på hende gennem spejlet igen. Hans lysebrune hår var tykkest fra ørene og bagover, og lidt tyndere på toppen, hvor han havde trukket det lidt til den ene side. Mellem hver kind og munden havde han streger, der gik nedad, Una syntes, det så ud, som om hans ansigt var sammensat af flere dele.

De kørte ind på en lille grusvej. Bilen standsede og blev stille. Faren steg ud ad bilen og åbnede bagdøren for hende. "Kløften" læste hun på et skilt. Hun hørte et vandløb, og høje træer kastede skygge over bilen, hvor de parkerede. På den anden side af parkeringspladsen førte en kort sti ned til en lille fjeldhylde.

Han tog rygsækken med mad og drikke frem, hun gled forsigtigt ud af sædet. De satte sig på en bænk med rygsækken mellem sig. Et lille egern kravlede i fuld fart ned ad stammen på et træ i nærheden, men hun nåede ikke at vise det til faren, før det var væk. Una hørte nogen le og vendte ansigtet mod lyden. En familie med to voksne og tre børn satte sig på bænkene ved det store træbord sammen med dem. Moren stillede en stor kurv med mad og sodavandsflasker på bordet.

– Lad være med at glo på folk, sagde faren med lav stemme og rakte Una en kiks.

Hun lagde hovedet lidt bagover og drejede det forsigtigt til siden. I øjenkrogen så hun, at den yngste, en lille pige, lænede hovedet ind mod faren, mens hun tog en lang slurk af sodavandsflasken og nynnede en sang. Pigens far lagde armen om datteren og trak hende tættere ind til sig.

– Jeg glæder mig sådan til vi er fremme, sagde pigen og tog en stor bid af en brødskive.

De ved, hvor de skal hen, tænkte Una. Hun kiggede op på faren. Han stirrede ud i luften og holdt et æbleskrog i hånden.

Moren tænder for radioen og nynner en velkendt melodi. Una lægger billederne på bordet og hviler hovedet mod nakkepuden i den store stol. Balder rejser sig håbefuldt, men lægger sig tungt tilbage i sin kurv, da hun ikke giver tegn til at gå hen mod døren.

– Hvad er det, Una, du ser så eftertænksom ud?

Moren vifter med hånden foran hende, Una kan dufte den lavendelhåndcreme, hun altid bruger.

– Nu tror jeg, at jeg vil lave noget godt til os!

De deler arbejdet mellem sig. Una skal gå ud med Balder, og moren skal stå for måltidet. Mens Una tager sine sko på, sidder moren på toilettet med døren åben.

– Jeg varmer hvidløgsbrød til lasagnen, det elsker du jo! råber moren ud i gangen, mens det strømmer ned i toiletskålen.

– Herregud, mor! Una skubber døren til.

– Slap af, der er kun os to her.

Una kan høre at hun skyller ud og vasker hænder.

– Ja, det skal guderne vide, siger Una lavt og sætter snoren fast på hunden. Tekster til Angie, at de hellere må mødes en anden dag. Hun vil blive her lidt længere. For første gang i lang tid føles det, som om hendes mor vil hjælpe hende, pirke lidt i den skorpe, der er størknet omkring fortiden. Balder stønner i varmen. Han stopper op og snuser de sædvanlige steder, men er mindre interesseret end før. Una føler en pludselig sorg grave sig ind i brystet.

– Ikke bliv gammel, Balder! Psst, du kan godt, op med farten!

Una napper forsigtigt i snoren.

Hun genkalder følelsen af farens store næve om sin hånd.

– Kom, Una!

Det var, da de endelig havde parkeret og gik hen mod en stor port med et maleri af giraffer og tigre, at det gik op for hende, hvad de skulle. Ved porten var der en billetluge, faren slap hendes hånd og tog pungen frem. Det kriblede i benene, da de gik gennem indgangen.

– Er du sådan en af og til? spurgte faren, da de stoppede foran buret med chimpanser. Især den ene abe var som en vild lille unge, han drillede publikum og virkede klogere end de andre i flokken.

Var det hans behårede arm, man kunne se på billedet i morens konvolut?

Faren gav hende et blidt skub i ryggen, de gik væk fra menneskemængden og videre ad stien. Da de nærmede sig isbjørnene, så hun den familie, de havde mødt på rastepladsen, den yngste pige sad på farens skuldre og kiggede ned på dyrene. Hun holdt hænderne på hans hoved, hans hår var stridt.

Hjertet gjorde et lille hop, da Una skimtede tigrene inde bag tykke bambusstammer og et stort hegn.

– Kæmpestore, sagde hun stille til sig selv og holdt ekstra godt fast i farens hånd.

– Ved du, hvilket land tigrene egentlig kommer fra?

– Afrika?

– Afrika er ikke et land.

Den ene tiger gabte med en enorm mund og rystede på hovedet.

For foden af en grøn bakkeskråning fik en sød lille rådyrunge mælk fra en flaske. Det lille langbenede væsen drak med en glubende appetit og kiggede tomt ud i luften med store øjne. Dyrepasseren havde en lille mikrofon fastgjort til skjorten og talte til publikum, mens hun holdt flasken. Ungen var ikke længere sammen med sin flok. Han havde ligget helt stille på det samme sted i to døgn, forklarede dyrepasseren, for det er det, unger gør, når de venter på deres mor, når hun er et andet sted for at æde. Men denne gang var der gået for lang tid, og moren ville ikke vide af ham længere.

De overnattede i en lille hytte på en campingplads. Una kan stadig se det gulnede træværk i hytten for sig, fornemme lugten af mug fra køkkenskabet, høre knirkelyden når faren gik hen over gulvet. Eller knirkede det egentlig, måske er det noget hun bilder sig ind?

For at gå på toilettet måtte hun gå et stykke tilbage ad samme vej, som de var kørt til hytten. Det var nemt at finde vej, hun var ikke bange. Hun trippede på tå så hurtigt hun kunne hen over det fugtige græs. Lugten af grillmad og røg bredte sig mellem hytter, telte og campingvogne. Folk sad udenfor, hun hørte latter og lyden af forskellige melodier fra forskellige musikapparater. På vej tilbage gik hun langsommere og kikkede i smug på børn og voksne, som sad sammen i stole, der kunne klappes sammen.

Aftenen var lang og lys. Faren skar brød og kom tynde skiver cervelatpølse på, hun fik lov til at komme mayonnaise på. De spiste og drak sodavand ved vinduet med udsigt over skoven. Han tog et spil kort frem og lagde kabale. Hun fulgte med, så godt hun kunne, og prøvede at huske, hvordan han gjorde. Syv kort på række, og så nye kort ovenpå igen. Tre kort på bordet igen og igen.

- Hvad skal vi gøre i morgen?

Faren kiggede på uret.

– Vi må tidligt op. Grete venter på dig.

– Skal du spise middag med os, når vi kommer hjem?

– Nu er vi her.

Han vendte ansigtet mod vinduet og rejste sig, stolen skrabede mod gulvet.

Han fandt hendes tandbørste frem og hældte vand i et plastikkrus fra en gennemsigtig dunk på køkkenbordet.

– Har du haft en fin dag?

Hans stemme var lysere, hendes hjerte dansede let. Hun nikkede og strakte armene ud mod ham. Han bøjede sig ned og tog imod krammet, før han lukkede lynlåsen på hendes sovepose.

Una kniber øjnene sammen mod himlen. En kærkommen sky stryger langsomt hen over solen og beskytter et kort øjeblik mod den stikkende varme. De er allerede halvvejs gennem tisse-runden, og hun kan se morens brunbejdsede hus for enden af rækken med fire lave huse. Balder gør sig færdig. Hun lukker øjnene. Hun samler ikke lorten op. Hun trækker ham videre, småsnakker ikke mere med ham. Hendes tanker har viklet sig ind i billeder og lyde, som hun ikke er i stand til at fange. En mosaik af indtryk opløses og forsvinder, hun griber ud efter dem igen, bider tænderne sammen og tager hurtigere skridt. Balder kan knap nok følge med.

Hun kender til det med tigrene nu, hun ved at Afrika er et kontinent, hun havde villet sige det, rette misforståelsen, var ikke helt idiot. Men hun fik aldrig sagt, at hun kender svaret, at hun havde været lille og ikke havde forstået det.

Hun havde ikke fået sagt det.

Det dunker lige så hårdt i brystet, som hvis hun løb, men hun løber ikke. Balder har fået farten lidt op, men vil stadig gøre holdt både her og der. Hånden, som holder snoren, har mistet styrke, skulle han vælge at gå i en anden retning nu, vil hun ikke være i stand til at holde ham fast. Hun er svimmel, det prikker i næsen, de nærmer sig huset, der lugter af hvidløg helt ud på vejen. Moren tager imod hende med et lystigt hej, hun har et blomstret forklæde på, Balder går forbi dem i gangen og tager retning mod sin kurv. Una, som skulle være rolig og behersket, råber til moren, stemmen brister.

– Det var sidste gang, han kom, var det ikke? Turen til dyrehaven. Det var et farvel, var det ikke?

Det trange indgangsparti opsluger hende. Moren lægger en hånd på hendes skulder.

– Det er vanskeligt at forklare, men hør her, Una…

Hun trækker skuldrene til sig.

– Du sendte ham ud af mit liv med en tur for at glo på aber.

Hun hænger hundehalsbåndet fra sig og vender sig mod døren.

– Men middagen, min skat!

Una ser sig ikke tilbage på vej ned ad trappen.

KAPITEL 6

– Er du gået fra forstanden? Hvad fanden skal du med den fyr?

Kaffekruset hamrer så hårdt ned i bordet, at noget af indholdet skvulper over og rammer Angie på tommelfingeren. Hun virrer med hånden. Una gisper. Angie ryster på hovedet med en stram mund.

Servitricen stopper op og kigger på dem et kort øjeblik, før hun går videre. Angie læner sig frem og stirrer på Una, som om hun skulle til at tilstå et mord. Parret ved nabobordet vender hovederne mod dem. Una vipper hælen hurtigt op og ned, ude af stand til at stoppe.

– Råb lidt højere!

En flue snurrer hjælpeløst rundt på ryggen og glitrer grønt af sollyset i den lave vindueskarm. Fødder med sommersko trasker forbi i begge retninger udenfor. Halvdelen af Unas kagestykke ligger stadig på tallerkenen sammen med det lille fødselsdagslys, som Angie havde fået servitricen til at pynte det med. Angeren nager hende. Hvorfor fortalte hun om sin plan? Nu er hun glad for, at hun ikke fortalte Angie om det syge eksperiment med Plusstid.

– Er du klar over, hvad du har gang i?

Angie stirrer på hende.

Una famler efter ord.

– Hvad er du så vred over? Det er jo ikke dig, der er blevet forladt.

Tungen vokser i munden.

– Hvad ved du om, hvordan det føles, Angie?

Angie er stadig på krigsstien, hun sætter et dramatisk ansigt op med anklagende øjne.

– Jeg ved godt, at det er surt for dig, men du virker helt besat. Hvorfor finder du dig ikke bare en ny kæreste?

Una tager sig til halsen. Hånden glider bagover mod nakken. Hun kan ikke holde ud at møde venindens blik. Gå væk, stop, jeg bad dig ikke om råd, jeg ville bare fortælle dig det. Stands mig ikke, lad være med at tro, at du ved alt. Ord og tanker buldrer gennem hendes hoved, men hun hvisker:

– Han er snart i nærheden, det er en chance for at se ham, forstår du ikke det?

– Herregud, han forsvandt jo bare uden overhovedet at sige farvel, og nu er han pludselig den vigtigste person i verden?

Angie sukker med himmelvendte øjne. Hun tager en stor slurk af den stadig varme kaffe og kniber øjnene sammen et kort øjeblik. Hun skal til at sige noget, men tøver.

Pinlige sekunder med stilhed.

– Jeg forstår bare ikke, hvad det skal gøre godt for, siger hun lavmælt.

Una vrider hænderne under bordet.

Fluen i vinduesrammen er holdt op med at snurre, det døde kadaver udtørrer i solen med benene i vejret.

Angie henter endnu en kop kaffe, Una mærker maven rumle og beder om te. Hun tvinger sig selv til at blive siddende, vil gerne afdæmpe skænderiet, er desperat efter at komme tilbage til den gode stemning, der normalt er mellem dem.

– Skal du ikke i sommerhuset i år?

Et harmløst emne.

Angie trækker på skuldrene, ser også ud til at slide. Hun løfter begge hænder og skubber med fingrene det skulderlange, lyse hår om bag ørene. Engang var de lige lyshårede, men Una var blevet mørkere med tiden. Angie var lille, lys og kvik og en hvirvelvind af indfald. Una blev mørk og høj og gik foroverbøjet de sidste år i folkeskolen, indtil drengene nåede op til hende. Nu er hun tilfreds med sin højde, men ville gerne have et mindre skonummer.

– Nej, det bliver måske til en weekend i løbet af efteråret. Jeg vil ikke være for tæt på dem, jeg tror, de er tilfredse med korte besøg.

Angie fisker snusdåsen op af tasken og folder den højre side af læberne omkring en pude.

– Kan du huske, da vi legede spioner der?

Angies ansigt lyser op. Hun smiler skævt og læner hovedet tilbage.

– Ja, herregud! Min bror ved stadig ikke, hvor meget vi fik med.

Et strejf af vemod kommer over Una.

– Jeg var bange for, at du ville glemme mig, hver gang du rejste med ekspresbus til dine fætre og kusiner om sommeren. Engang havde jeg ondt i maven i en hel uge.

– Er det sandt? Hvorfor har du ikke sagt det før?

Det var sandt. Når Angie ikke var der, følte Una en uro, som varede, indtil hun kom tilbage og viste, at de stadig var de bedste veninder. At Una ikke var blevet erstattet af sommerveninderne med en anden dialekt.

– Heldigvis kom du tilbage.

Familieferie med Angie var det bedste, hun vidste. De var sammen hele tiden. Pigerne spionerede på hendes bror og hans kæreste nede ved stranden. Angies mor ruskede hendes far i håret, når han sagde noget mærkeligt, og de to voksne delte opvasken. Faren tog dem med i båd ud på fjorden og lærte Una, hvordan man sætter levende madding på krogen. Angie vendte sig demonstrativt væk, da de stak spidsen gennem den lidende orm.

– Din svækling, sagde faren til sin datter og blinkede til veninden.

– Jeg tror, jeg bytter hende ud med dig, Una.

Hun husker den ild der flammede gennem hende, da han sagde det.

En dyster drøm blev ved med at vende tilbage til hende i sengen hjemme på Spurvevejen. Morens kiste stod midt på kirkegulvet, Una stod alene ved siden af og lagde en rød rose på låget, mens hele menigheden kiggede på hende og græd. Angie og hendes forældre kom langsomt op ad gulvet og rakte hænderne ud mod hende, og hun fulgte med dem hjem.

KAPITEL 7

Una vil gå. Angies reaktion på hendes plan har gjort hende trist. Hun har lyst til at være alene, finde ham frem på nettet igen og planlægge det næste skridt. Hun tager tasken op og mærker efter, om jakken hænger på stolen, og gør mine til at rejse sig.

– Vent, jeg glemte at fortælle dig, at en af fyrene fra Bristol henvendte sig til mig på Face! Ham, der fandt på mit kælenavn.

Angie ser forventningsfuldt på hende. Una forstår, at hendes veninde desperat forsøger at genoplive den gode stemning. De har aldrig som voksne sagt farvel til hinanden i en ond tone. Hun læner sig tilbage i stolen og kigger op med påtaget, nysgerrig mine.

– What?

– Han kommer til Oslo og spørger, om vi skal mødes. Han tror vist, at alt i Norge ligger i nærheden af hovedstaden.

Fyren i sprogskolebyen havde åbenbart fundet et gammelt postkort fra hende og var blevet nysgerrig efter at vide, hvor hun befandt sig i verden. De lokale havde ikke været i stand til at udtale Agnes' navn korrekt. Så hun blev til Angie, og det har hun været for Una lige siden.

– Det er jo næsten ti år siden!

Una sætter sin taske fra sig igen.

– Jeg ved det, er det ikke sygt?

– Skal du møde ham?

– Er du åndssvag!

Angie himler med øjnene.

Una ser varmt på sin veninde, som fabler om små episoder fra England. Angie er for hende, som hun tror søstre er for hinanden. Varm og omsorgsfuld, aldrig fordømmende, en, der hepper på dig, uanset hvor håbløs du er. En, der aldrig ripper op i de dumme ting, du har gjort, selv om hun godt kan huske dem. Som giver dig et kram, når I ikke har set hinanden i lang tid.

Som en storesøster, har Una tænkt at Angie er. Af og til når de er i byen sammen, præsenterer de sig som søstre, når de kommer i snak med fremmede. Søss, siss, syrran, schwesta, sista. Angie lyver nogle gange lidt ekstra om, hvad de laver, og hvor de kommer fra, især når hun er lidt beruset. Una elsker det og står altid et halvt skridt bag Angie og bekræfter de skrøner, som vælter ud af hende.

Angie tømmer koppen og kigger på uret. Men du ... det, du har gang i. Det kan gå galt.

Una er forbavset over, at hendes seje veninde pludselig virker så pylret.

– Når han ikke er stået frem efter alle disse år, er det fordi han ikke ønsker det.

Hvad ved Angie om, hvad Unas far ønsker? Hun lægger albuen på bordet og hviler hovedet i hånden.

– Måske ønskede han egentlig ikke at give slip på mig, måske blev han tvunget til det. Jeg har søskende, Angie. Måske undrer de sig over, hvor jeg er?

Hun kan næsten ikke høre sig selv sige de sidste ord. Hendes veninde strækker sig bagover på stolen, stønner og lukker øjnene i et par sekunder.

– Jøsses, Una. Det her er for fanden da ikke en Sporløs-episode.

Hun læner sig forover igen.

– Hvis han var interesseret i dig, ville han være kommet for længe siden. Du aner ikke, hvad du har sat i gang. Har du sagt det til Grete?

– Du siger ikke et ord til mor!

– Det afhænger af, hvor skør du bliver.

Una tager en dyb indånding, men siger ikke noget, før hendes veninde giver hende nådestødet.

– Du er sindssyg. Han kender til dig. Du er nem at finde, din mor er nem at finde. Du er et levende bevis på hans udskejelser. Det er simpel matematik.

Unas hjerte banker så hårdt, at hun bliver svimmel. Hun griber fat i bordpladen. Angies stemme er som et ekko langt væk. Hendes ben har ingen kontakt med resten af kroppen, hun ved ikke, hvordan hun skal få rejst sig op. Det kunne være det samme med hele den lortebarndom, de delte. Hun har ikke brug for råd fra Angie, nu hun har bygget sig selv op, faren har bygget hende op. Der bliver ingen ændringer i planen.

Una lægger teposen og den lille sukkerpakke ned på bakken. Hun møder sin venindes blik i et kort sekund.

– Vent lidt.

Hun rejser sig op. Benene kan alligevel bære. Vistnok. Hun vakler de første par skridt væk fra bordet, hen mod toilettet. Hun når lige om bag døren, før hun hulker og slikker i sig de tårer, som har svedet bag øjenlågene. Hulken bliver til korte, vrede gisp, der gør hende svimmel igen. Hun sætter sig ned på sædet og lægger hovedet i hænderne.

Hun tørrer det kolde vand af ansigtet, mens hanen stadig løber. Pudser næsen i det våde papir.

– Tag dig sammen, formaner hun det ynkelige ansigt i spejlet.

Angie står klar og rækker hende tasken, der var efterladt på stolen. Ser medfølende på hende, men siger ikke noget. De går langsomt mod døren. Udenfor rækker Angie armene ud og ryster svagt på hovedet. Una tager imod omfavnelsen, må bøje sig lidt ned, holder godt fast i veninden, som vugger hende blidt.

– Gør det ikke, hvisker Angie.

KAPITEL 8

Det støvregner, da Una cykler hjem. Hun træder langsomt, knæene skælver, og styrken i fingrene er væk. Hun prøver forsigtigt, om hun har nok kontrol over hænderne til at gribe fat om bremserne. Det suser i hovedet. Hun hører Angies ord.

Gør det ikke.

En kvinde træder pludselig fra fortovet og ud på vejen foran hende, begge stopper brat, Una manøvrerer forhjulet hurtigt frem og tilbage for ikke at styrte. I sidste øjeblik får hun vredet sig af sædet og sat begge ben på jorden.

– Tag og følg lidt med!

Kvinden sender hende et rasende blik og haster videre med hvide musikpropper i ørerne. Følg med selv, din møgkælling, mumler Una og sætter sig op på cyklen igen.

Det slår hende, at Angie måske har ret. Han vil vende hende ryggen, så snart det går op for ham, hvem hun er. Hun ryster tanken af sig. Angie kender ham ikke. Una gør. Han er forhindret, det er ikke hans valg. Hun kan høre det i hans foredrag på YouTube – længslen efter at leve i sandhed, kloge ord om relationer mennesker imellem. På arbejdspladsen, i familien, selv i bussen, hvordan vi møder hinanden som medmennesker i bussen.

Hun låser sin cykel fast til gelænderet bag trappen ved indgangen, småløber de tre etager op til lejligheden og smider cykelhjelmen fra sig i gangen. Før hun har fået skoene af, bærer hun en skammel ind i det trange soveværelse og kravler op på den. Hun strækker armene op mod en æske på toppen af klædeskabet og løfter den ned.

Hænderne ryster stadig, og næsen løber. Hun åbner en blå notesbog med barnlig skrift udenpå og begynder at bladre.

"Da jeg så på dyr med far" er en af historierne.

Hun tvinger sig selv til at læse. Små stavefejl, bogstaver som varierer i størrelse, men sirligt nedskrevne fortællinger, som læreren skulle se og måske endda læse højt for klassen. "Far grinede af aben," læser hun. Fremmaner et billede bag øjenlågene. Gjorde han det, grinede han? Hun er ikke sikker.

"Vi grillede, drak sodavand og sov i en rigtig dejlig hytte." Hun tænker efter. Husker kun cervelatpølsen og mayonnaisen. Hun mindes lugten af olie, trækul og brændt mad fra de andre hytter, da hun gik forbi på vej til toilettet.

Notesbogen fortæller om dengang hendes far var hjemme, og om gaver han gav hende. Hun skriver, at han hængte et guldhjerte med navnet Una om halsen på hende, da han kom hjem fra en lang rejse. At hun krammede ham og lovede altid at gå med smykket. Den barnlige skrift fortæller, at han læste Snehvide og de syv små dværge for hende i sengen, at han vækkede hende om morgenen og gav hende varm kakao.

Una tager sig til halsen. I et glimt ser hun ned på de små hænder, der åbner en lille, firkantet plastikæske. Der er gult bomuld i bunden af æsken, og et skinnende hjerte med hendes navn på svæver som på en gul sky. Hun kigger op og ser mormor, ikke faren. Mormor smiler og spørger, om Una er glad for smykket. Mormor rækker armene ud og tager imod et kram, hun lugter af aftensmad.

Sov han virkelig sammen med dem, og hvor sov han? Una lukker øjnene igen. Hun ser ham gå ud af stuen, mærker at hun slipper sit legetøj ned på gulvet, at hun følger efter hans ryg ud i entreen, ser ham tage tøj på og gå. Hendes mor giver hende en stor kop varm chokolade da han er gået, og hun mærker en blød hånd glide blidt hen over håret.

Hun har læst teksten mange gange før, men det er første gang billederne udfolder sig for hende. Under notesbogen ligger et enkelt stykke papir med en tegning på. Una kradser med neglene for at få fat i kanten af papiret og fisker det ud af æsken. En mand i en stor jakke hånd i hånd med en pige i et kort, rødt strutskørt og en lyseblå bluse. Pigen holder et ternet kræmmerhus med tre kæmpestore kugler på toppen. En hvid, en gul og en lyserød.

"Til far. Una 8 år. Tak for fin tur og is", står der med store bogstaver under tegningen. Et langt og smalt hjerte er tegnet på skrå mod venstre hjørne af papiret. I det modsatte hjørne skinner en sol med så lange stråler, at de gule streger når helt ned til pigen med isen.

Det skete i al fald. De to, bare de to ned ad gaden, de var kørt til den store by, hvor hun altid var bange for at miste moren af syne, bange for at fare vild og aldrig finde hjem igen.

– Nu kan vi gå hen i legetøjsbutikken, så kan du vælge en gave.

– Skal vi ikke hellere ta' til Panduro? Jeg har lyst til at lave gipsfigurer.

Senere, længe efter turen til dyrehaven, lavede hun en vellykket gipskanin til faren. Hun malede den lysebrun med blå øjne.

– Jeg tror vi bare sender den med posten til hans arbejde, foreslog hendes mor efter lang tid. Una ville hellere vente og se, om han kom tilbage.

Hvad blev der egentlig af kaninen? Hun havde også lavet flere tegninger, hvor er de henne nu? Hendes hånd griber længere ned i æsken, hun tager cd'en med hørespillet om Tornerose og om Snehvide og de syv små dværge frem. Hun folder armene om benene og gør sig mindre. Hun husker, hvordan hun sad med ørene klistret til højttaleren, mens hun kiggede på de fine tegninger i det foldede omslag på indersiden af cd-coveret.

Hendes hånd stryger hen over coveret. Hun lukker øjnene og forsøger at fastholde billedet af ham, da han smilede til hende og spurgte, om det var spændende.

– Ja, kommer det i et svagt suk fra hendes mund.

Helt nede på bunden når hånden frem til det, hun leder efter, hun pirker i kanten af det stive papir og vipper det op med langfingerneglen. Et næsten kvadratisk, gulnet ark med huller i siderne, der er revet op, som om papiret er blevet trukket ud af ringbindet i en fart. Der er to fotografier på hver side af papiret. På det ene sidder han på hug med hendes hånd i sin, hun kan have været to år gammel, rund i kroppen og med en hæslig kyse på hovedet. Han har en skjorte med et mønster af små firkanter og et rødligt overskæg, der peger nedad på hver side af munden. Hun holder i benet på en dukke, der hænger ned med et måbende blik. På det andet billede ses han i baggrunden med udstrakte arme, mens hun sidder på en gynge højt oppe i luften. Hun smiler med hele ansigtet, og hendes lyse, tynde hår svæver rundt om hovedet på hende.

På den anden side står han med hende på armen og moren ved siden af. Hun holder sin højre hånd på Unas buttede albue. På ringfingeren har hun en stor ring med en stor, oval sten af rav. Una genkender ringen, moren går stadig med den hver dag.

Det sidste billede viser en lidt ældre Una med tynde ben, gule strømpebukser og rød kjole. Både hun og faren vender ryggen til, han ligger på knæ, og de stikker hænderne ind i dukkehuset. Hans bælte er sprunget over en af bæltestropperne bag på bukserne.

Hun lader cd'en og tegningen ligge, kravler op på skamlen igen og sætter æsken tilbage hvor den stod. Hun lægger notesbogen og albumarket i en grøn plastikmappe, trækker elastikken på plads omkring mappen og lægger den i tasken.

Telefonen vibrerer i lommen. Moren spørger, om hun vil komme forbi.

– Jeg har lidt travlt i dag, men måske sidst på ugen.

– Du skulle være kommet og fået noget mad.

Moren behandler hende stadig som en hjælpeløs fugleunge.

– Jeg kan faktisk lave mad!

Una fortryder straks den afvisende tone. Hvorfor kan hun ikke håndtere morens omtanke, når hun nu har brug for den? Hun er rædselsslagen for at miste den eneste hun har, samtidig føles morens nærvær som et klamt tomandstelt med en lynlås, der har sat sig fast.

Så længe Erlend var inde i billedet, var han med på den. Hver gang Una tog et skridt på egen hånd, stod han og moren klar som et overspændt hjælpekorps, overbevist om, at hun ville komme galt af sted.

Hun husker, hvordan en voksende følelse af modstand til sidst greb hende og såede de første frø til selvstændighed. Mens hun holdt fast i det velkendte med den ene hånd, begyndte hun at udforske det utrygge og lod sig gradvist føre hen til kanten. Dernede stod Angie og opmuntrede hende til at springe.

– Selvfølgelig skal du studere psykiatri! Hvem er det der siger, at det ikke er det rigtige for dig?

– De tror, at jeg vil leve mig for meget ind i patienternes lidelser.

– Du skal jo ikke vælge job for Erlend og Gretes skyld. Tag dig sammen, Una!

Angie havde også drillet hende med forlovelsen, og Una skammer sig, når hun tænker på det. Veninden havde troet, det var en joke, og grinet højt, da Una begejstret ringede og fortalte hende om de gyldne ringe. Da det gik op for hende, at det faktisk var sandt, blev hun grov.

– Er det firserne, der har kaldt på dig? Det var sådan, man gjorde i gamle dage for at få lov til at gå i seng sammen. Jeez, Una!

Men nu er Angie også begyndt at omklamre hende. Una den uselvstændige, Una den usikre.

Snart vil det ændre sig. Hun skal finde balancen, det her er ikke hende. Når alt er sagt og gjort, når hun har fået de svar hun har brug for, når de er sammen igen, så vil hun få fred, sove, være venlig. Spise med liv og lyst.

Hun åbner computeren. Bare et lille kig, lover hun sig selv. Hun spoler hurtigt forbi introen, som hun kan udenad. Faren peger direkte på hende og smiler med en skæv mund.

– Just do it! Du er et lille væsen i et stort univers, og vi har alle vores tilmålte tid her på jorden. Selvfølgelig skal du følge dine drømme!

KAPITEL 9

Sensommeren er usædvanlig tør i Dalen. Kommunen har indført vandingsforbud og græsplænen foran huset er næsten visnet bort. Tor har ikke hørt mere fra journalisten i Plusstid, men der har jo været ferie. Han må huske at gå på nettet og se, hvornår næste udgave udkommer.

Han rækker bilnøglerne til Kristin og betragter den voksne datter med det skulderlange blonde hår og de brune øjne. Hun smiler til ham med lukket mund.

– Du kan få bilen hele dagen, hvis jeg kan låne Jørgen i lige så lang tid, siger Tor og blinker til svigersønnen. Kristin sender et kys mod mændene og sætter sig ind bag rattet. Tor mærker en varme brede sig i brystet.

Der er gået 22 år siden den sommer, hvor alt ændrede sig, hvor han kunne have mistet hende, mistet både børnene og huset. Han har lært at leve med konsekvenserne, den straf, der aldrig vil ende. Han er kommet i mål. Både Kristin og Kjersti er blevet sunde og raske unge kvinder. Stadig knyttet til ham. Stadig uvidende om det valg, han og Erna traf, da hun endelig indså, hvad der var bedst for hende efter at have rejst sig fra sofaen.

Tryghed. En fælles fortælling. Alle støder på nogle skær under livets sejlads, minder han sig selv om.

Og nu har han som en bonus også fået Jørgen, næsten en ny søn.

De går sammen til Bygården. Tor åbner den interimistiske hoveddør i stueetagen. Den hænger skævt i karmen, og han må åbne med et hårdt ryk. Han sparker til den lille træbåd, der er dækket af støv og spindelvæv, og som har ligget på cementgulvet og irriteret ham så længe. De går op ad trappen, som stadig mangler fliser, til tredje etage. Gipsvæggene er allerede sat op i stuen og i gangen, og de skræver over stablerne af egetræslaminat, som er det næste, der skal på plads. En gammel træstol og en skammel med indtørrede malerpletter står under vinduet. Svigersønnen åbner en ølflaske med enden af en tapetkniv og rækker flasken til Tor. De står stille og kigger rundt i rummet. Tor nikker tilfreds.

– Nu begynder det at ligne noget! Jørgen er enig.

– Vejret er for godt til at gå her og svede, så vi nøjes med at ta' et par opmålinger, siger Tor.

– Kalle er her aldrig, hvad er det egentlig med ham, siger Jørgen, idet han tager tommestokken op fra værktøjskassen.

Tor sætter flasken for munden, indholdet er lunkent.

– Ikke noget særligt. Karl har altid været underlig.

Ordene sidder fast i halsen på ham, spørgsmålet om sønnen kom for pludseligt.

– Det virker ikke som om han interesserer sig noget særligt for Bygården?

Jørgen kigger spørgende på ham. Tor tager en slurk mere og trækker vejret hårdt ind gennem næsen.

– Men det er jo ikke meningen, at han skal ha' en lejlighed her. Desuden har han ti tommelfingre.

Han forsøger at lyde munter på sin søns vegne. Men Jørgen er ikke færdig med at stille spørgsmål.

– Kristin siger, at han aldrig har haft en kæreste?

– Det er ikke godt at sige. Vi har i al fald ikke set noget til det. Tor rejser sig, krydser over gulvet og placerer ølflasken i vindueskarmen – i skyggen, som om indholdet ikke allerede er udrikkeligt.

– Skal vi ta' båden ud til holmen i aften, bare os to? Fortælle pigerne, at vi skal regne på nogle nye planløsninger?

Han smiler og puffer svigersønnen i siden.

Hjemme igen fylder Tor en IKEA-termotaske med blå køleelementer, en pakke pølser og øl fra køleskabet. Et par øl må være nok, det er bare en kort biltur. Han holder aluminiumsdåsen i hånden og kigger på den i et par sekunder, før han lægger den ned i tasken. Han havde ikke rigtig brudt sig om øl før Kristin kom hjem med kæresten. Nu er det ligesom noget de har sammen. De arbejder i et team, snakker om alt muligt, og så en øl. En engangsgrill, tændstikker og et par aviser, i tilfælde af at de skulle finde nok tørt træ på holmen til at tænde et lille bål. Han tager Ernas bil og sender hende en besked. Et par timer, skriver han, så kommer de tilbage og arbejder videre.

Den bedste vig på holmen er ledig, der er få både i vandet. De folder hver især en falmet strandmadras ud og lægger håndklæder ovenpå. Jørgen strækker sin krop ud og kigger op mod himlen. Tor lægger sig ned, river et strå ud fra den tørre tue ved siden af sig og stikker det ind mellem tænderne.

Sammenhold, tænker han.

– Du gør et godt stykke arbejde, Jørgen! Din egen indsats er så stor, at I kommer til at mærke det på den samlede pris, når I flytter ind.

Jørgen smiler skævt til ham.

– Jeg mener det, siger Tor. – Det skal kunne betale sig at arbejde.

Når ingen af dem snakker, kan de svagt høre trafikken fra hovedvejen på land. Den konstante rumlen er så lav, at det lige så godt kunne være lyden af et vandfald langt væk. Fra krattet i baggrunden hører de lyse toner fra småfugle, som de ikke ser.

– Du har det i dig, vi er ens mig og dig.

En ny lyd bryder ind fra en båd, der langsomt sejler langs holmen. Føreren ser hen mod dem og løfter hånden forsigtigt til en hilsen. Tor nikker tilbage med en sagte bevægelse af hovedet.

– Hvem var det?

Jørgen følger båden med øjnene.

– Leif, en gammel klassekammerat.

Tor kaster en lille sten i vandet.

– Bor han her, jeg synes ikke, jeg har set ham før?

Tor vender ansigtet væk og kigger ud over vandet.

– Ikke min type. En af dem, der havde såkaldt arbejdspraksis i hele det sidste år af skolen. En værre røver.

Jørgen griner.

– Seriøst. De havnede for det meste på fabrikker eller stak til søs. Sådan var det.

De unge i dag kommer aldrig til at forstå, hvor meget der har ændret sig bare de sidste femogtyve år. Hvor let de kommer til det hele. Nu kan hvem som helst komme ind på alle studier. Få af dem behøver at anstrenge sig på samme måde, som man gjorde, dengang det kunne betale sig at gøre en indsats.

Jørgen rejser sig hurtigt op.

– Bade?

Han knapper sine bukser op.

– Jeg tog ikke badebukser med.

Tor vrider sig.

– Det er kun os to her!

Jørgen griner, krænger bukserne og boxershortsene af og løber mod vandet. Tor hører et plask og rejser sig hurtigt op, vrikker lidt med fødderne og tager tøjet af.

Han har aldrig badet nøgen før. At mærke vandets bløde modstand mod hele kroppen er en ny og befriende fornemmelse. Han tager lange svømmetag, lægger sig om på ryggen, drejer hovedet til siden og beundrer sin svigersøns spændstige overkrop, mens han crawler mod bredden.

Bagefter sætter de sig på afstand af hinanden og tørrer sig i solen, som står lavt på himlen. En let vind skaber små, vuggende bølger på vandet.

– Næste gang kan vi spørge Kalle, om han vil være med, siger Jørgen.

Tor lægger sig ned på madrassen igen og lukker øjnene.

– Sommeren er snart forbi, så der bliver nok ikke flere ture i år.

KAPITEL 10

YouTube-klippene begynder altid med en snurrende jordklode. Kameralinsen zoomer ind mod byer, skove og landeveje og ned mod et nøgent klippeparti mod vandet. Der sidder Tor og ser Una lige ind i øjnene. Han indleder hver episode med et spørgsmål til hende. I dag siger han:

– Bliver du fattigere, hvis andre får mere end dig?

Una vender blikket mod stuevinduet og forsøger at tolke hans spørgsmål, men når det ikke, før han selv uddyber.

– Kan du tåle, at din kollega får et løntrin mere end dig, uden at miste motivationen for det job, du skal udføre?

– Spørg dig selv: Får jeg det bedre af at gå og surmule over, at en anden har fået en lønforhøjelse?

Una prøver at forestille sig selv i en tilsvarende situation. Hun var nok blevet sur. Tankegangen er ikke tilendebragt, før hendes far siger:

– Måske skal du hellere sige til din chef: Vil du give mig feedback på mit arbejde og fortælle mig, hvad jeg skal gøre, for at det kan blive min tur næste gang?

Kameraet følger Tor, mens han rejser sig op og stående fortsætter med at tale. Han holder hænderne frem og bevæger dem op og ned for at understrege sine ord.

– Tænk over, hvordan du selv ønsker at blive mødt. Jeg garanterer, at hvis du gør det, så vil du føle voksende lyst til se ting i et positivt lys. Responsen fra mennesker omkring dig vil forstærke din motivation for konstruktiv handling!

Videoen fortsætter med ti ideer til, hvordan man kan tage kontrol over sine handlinger i hverdagen. Det er for nemt at give andre skylden, siger Tor. Hun behøver ikke at tage noter, for hun kommer til at se klippet igen og igen, som hun har gjort det med de andre.

Der er over hundrede tommelfingre op under videoen. Hun tør ikke trykke på opmuntrings-emojien.

Det ringer på døren, og hun lukker computeren. Mor kommer med friskbagt æblekage, der dufter af kanel og sød frugt. Balder træder hen over skoene i den lille gang for at nå frem til Una og få opmærksomhed.

– Du kommer tidligere end du sagde.

Una flytter et sjal for at frigøre plads på knagen.

Mor rækker hende en kop vaniljecreme.

– Er det et dårligt tidspunkt? Jeg kan ta' ud og handle og komme tilbage senere.

– Nej, skidt med det.

Una henter to tallerkener og en kageske og giver dem til moren. Går tilbage til køkkenet, finder posen med kaffe og fylder op til fire kopper. Nu må hun snart få sig en ordentlig kaffedåse, måske skal hun ønske sig en fra Illum til jul. Ud af øjenkrogen, på den anden side af skabssektionen der adskiller køkkenet fra stuen, ser hun moren stille tallerknerne på sofabordet, før hun sætter sig ned.

Una står stadig med ryggen til. Hun har øvet sig i stilhed, før moren kom, nu tager hun en dyb indånding.

– Var det dig, der nægtede ham at se mig? Hun må give stemmen et tryk, presse den ud og op med kraft fra brystet.

– Hvad mener du?

Una går ind, sætter sig på puffen på den anden side af bordet og ser på hende.

– Far. Han kom ikke tilbage, du sagde vi bare skulle vente og se, hvad var det for et svar? Hvorfor kom han ikke tilbage efter turen i zoo?

Mor har løftet kagespaden for at forsyne sig, men lægger den fra sig igen.

– Der er ingen grund til at tale om det nu, Una. Det er så mange år siden.

– Var det dig, der negtede ham at træffe mig? Tog du ham fra mig for at hævne dig på ham?

– Jeg skulle ikke hævne mig på ham! Hvem har du talt med? Jeg lover dig, Una, det er bedre, hvis du lader det ligge.

Men Una har fundet enden af det garnnøgle, der har snoet sig sammen til en hård og stram klump i maven. Nu er det, som om noget griber fat og trækker tråden op fra mellemgulvet og gennem halsen. Den kryber som en orm og strejfer knap nok hendes tunge, før den former sig til ondskabsfulde ord, der vælter ud af hendes mund.

– Hvordan kan du vide, hvad der er godt for mig? Han var sød ved mig, han lærte mig forskellige ting! Hvor sjovt tror du, det var at traske rundt alene med dig?

Det ufordragelige barn griber fat og trækker i tråden. Una kan se på sin mors ansigt, at ordene gør ondt, men hun kan ikke stoppe.

– Har du aldrig tænkt på, at jeg gik der og ventede?

– Jeg ved, du håbede, men …

– Ja, forestil dig det. På nye besøg, på at vise ham mine karakterer, vise ham Balder, kærester, fortælle ham om mine studier.

Moren kører fingrene gennem sit kortklippede, grånende hår, lukker øjnene og ryster let på hovedet.

– Jeg troede, at du til slut forstod, at der ikke længere var noget at vente på. Du spurgte jo heller ikke i mange år.

– Nej, for det var forbudt at spørge. Men nu spørger jeg. Var det dig?

Hendes stemme knækker over. Muskulaturen omkring munden er ude af kontrol, og ansigtet forvrides til en grædende grimasse. Hun fornemmer smagen af salt. Et bip fra køkkenbordet fortæller, at kaffemaskinen gjort sig færdig. Balder kommer hen, ser op på hende og tripper uroligt.

– Vi har alle begået fejl, Una. Ja, han var sød ved dig. Men du husker måske ikke alt, præcis som det var.

Moren tøver indtil hun møder Unas blik og lavmælt siger:

– Jeg forstår hvad det er, du er i gang med. Det er ikke det værd.

Una hælder kaffe i kopperne med rystende hånd. Hun forstår ikke, hvordan moren kan være så rolig efter den oprivende ordveksling. Der er stille i rummet, Balder har lagt sig ned igen med en svag, gryntende lyd.

– Kunne du li' kagen?

– Ja.

– Hvordan går det på arbejdet?

Morens stemme er bemærkelsesværdig lys. Una bider ikke på. Hun giver ikke ved døren. Ikke i dag.

– Travlt, men OK.

Sandheden ligger der som ulmende gløder, moren cirkler rundt om ildstedet på sikker afstand, Una vil have fuldt blus. Er det ikke den ældre generations ansvar at hjælpe den yngre med at finde svar?

De klarer det ikke. Stilheden mellem dem er næsten uudholdelig.

Der ligger lidt æblekage igen på tallerkenen. Morens ryg er bøjet, og hun kigger knap nok op, idet hun siger farvel. Hun er mindre end Una, næsten spinkel. Hun har samme taljemål som en ung pige. Hvad er det, der gør, at en krop med samme proportioner som et ungt menneskes alligevel ser gammel ud, tænker Una. Der er noget ved nakken, skuldrene, som ikke kunne have tilhørt et ungt menneske. Noget, som er tynget, uden at bære vægt.

– Jeg kommer over med Balder lidt senere.

Una lukker langsomt døren bag moren. Det svier bag øjenlågene.

Hun vil fuldføre det, hun er begyndt på. Snart vil hun tage skridtet, tage bussen, møde, tale med, spørge hvorfor, hvad der stoppede ham. Uroen i kroppen vil forsvinde, hun vil blive i stand til at se længere frem end til denne dag. En ny virkelighed vil tone frem, hvor efterår og jul og det nye år vil få farve og liv. Mennesker og begivenheder vil igen blive lukket ind. Hun vil være tilstedeværende i alt, hvad hun gør, og over for alle hun møder!

– Stå op for dig selv, siger hendes far til hende fra klippepartiet ved vandet. Sæt iltmasken på dig selv, før du hjælper andre.

KAPITEL 11

Aftenerne i Bygården er lange. De er trætte. Er ikke kommet i gang med gulvet endnu. Jørgen står på trappestigen og fastgør tagplader én efter én. Tor rækker ham udstyr og løfter pladerne op.

– Det var noget af en investering, du gjorde her i sin tid, siger Jørgen med ansigtet vendt mod loftet.

Tor retter sig op.

– Så tidligt mulighederne, du ved. Det gælder om at tænke stort, selv når det kan virke uoverkommeligt.

Han har altid været god til det med penge. Har samlet, sparet, sået, gødet og høstet kapital.

– Det startede faktisk med, at jeg samlede flasker, da jeg var barn.

Jørgen ser spørgende på Tor.

– Jeg stod tidligt op og samlede tomme flasker op langs vejen i weekenden. Det bliver til mange gryn for en lille dreng, og så løber det op.

Han gik virkelig ind for det. Efter alle fester i forsamlingshuset, efter Sct. Hans og fejringen af nationaldagen – han var tidligst oppe, selvdisciplinen var i orden. Med en pose i hver hånd gik han langs grøfterne for at finde skatte til pantelageret. Når poserne var fulde, tog han dem med op i skoven og gemte dem væk fra stien, før han fortsatte sin søgen. Til sidst kom faren og lagde det hele om bag i den røde stationcar. Så snart butikken var åben, gik han ned til købmanden for at veksle flasker til klingende mønt.

– Da jeg altid kom først, blev mine klassekammerater som regel snydt for fangst. Så kunne de lære at stå op om morgenen, siger Tor og blinker til Jørgen.

Kun de vanskeligst tilgængelige skatte var tilbage, efter han havde været ude. Desuden slog de andre sig sammen og måtte nødvendigvis dele udbyttet.

Tor gik altid alene.

Nogle gange var der sjatter tilbage i flaskerne, når han fandt dem. En kvalmende lugt af dovent øl eller sprit blandet med sodavand steg op, når han hældte resterne ud. Engang var der pis i en flaske, det stank, men da den klæbrige flaske var tømt, havnede den i posen sammen med de andre. Han vaskede hænderne grundigt, så snart han kom hjem.

De penge, han fik i bytte for flaskerne, opbevarede han i et stort syltetøjsglas. Han elskede at betragte pengene gennem glasset. De blå ti-kronesedler og de gule hundrede-kronesedler nærmest svævede. De tunge femkronemønter med billedet af kong Olav, kronestykkerne med en hest og halvtredsøresmønterne lå fast på bunden. Lidt raslen i fem-, ti- og femogtyveøresmønterne var med til at give en klirrende lyd, når han forsigtigt rystede glasset. Han sørgede for at holde skattekisten langt væk fra den lillesøster, han delte værelse med. Sigrun var en klodsmajor, som sagtens kunne have tabt og knust glasset eller smidt det væk, hvis hun fik det mellem hænderne.

– Jeg fik tidligt et godt forhold til banken, og det er et godt råd, jeg vil give dig, siger Tor.

– Hold fast i din bank, som trofast kunde har du lidt at gå på, hvis det kniber. Tillid, du ved. Erfaring med at kunden er i stand til at komme ud af det med fødderne på jorden.

– Vi har talt om det. Både Kristin og jeg har boligopsparing, så nu er vi i en position, hvor vi kan forhandle om renten. Når vi har fået en pris fra dig, selvfølgelig.

Jørgen ser undskyldende på ham.

Tor har ikke tænkt så langt endnu, og vægrer sig ved at tale om penge med Kristin og Jørgen. Han har brug for kapital til at færdiggøre Bygården, men må give dem et tilbud, de ikke kan modstå, og som andre ikke kan konkurrere med.

Jørgen kommer ned fra trappestigen. Armene, som så længe har været strakt mod loftet, ryster lidt, og han læner sig op ad væggen.

- Hvorfor blev Bygården egentlig stående så mange år før du fortsatte med ombygningen?

Tor vender ryggen halvvejs til, trækker en loftsplade frem uden at se på ham.

– Hvis du havde vidst, hvilket helvede jeg har været igennem med mine naboer og kommunen, alle de restriktioner, regler og latterlige krumspring, de har fundet på for at stoppe mig, ville du ikke ha' spurgt. De sadistiske bureaukrater derinde udgør et demokratisk problem!

Han bliver ophidset, bare han tænker på alle de vrede breve, han og Erna har måttet skrive til myndigheder, politikere og naboer gennem årene. Al den modstand.

Al den inkompetence. Alle de ting, der skulle på plads, for at hans projekt kunne realiseres.

– Og ham der hjalp dig med bygningen, forsvandt pludselig, forstod jeg på Kristin. Så blev der vel travlt for dig, ikke?

Svigersønnens spørgelyst synes uden ende. Han står stadig op ad væggen med hænderne i lommerne.

Tor begynder at samle værktøjet sammen. Det ender i værktøjskassen med et højt brag. Den dirrende uro i kroppen forhindrer ham i at lægge det på plads så sirligt, som han plejer.

– Jeg tror snart det er spisetid.

KAPITEL 12

Den bratte afslutning med svigersønnen har værket i Tor hele weekenden. Heldigvis havde de allerede indgået denne eftermiddagsaftale, før samtalen gik i hårdknude. I dag, når de har fundet tilbage til den gode tone, vil der være balance i tingene igen, tænker han.

– Mødestedet, den gode samtale, skal være i centrum for interaktionen mellem mennesker.

Tor og Jørgen sidder i bilen. Det er MotiVærket, Tor taler om. Svigersønnen har en papkasse med sammenrullede plakater mellem benene, de er tidligt ude med reklamer for årets seminar. Tor gestikulerer med højre hånd og holder den venstre på rattet.

– Det er i selve mødet, forløsningen finder sted. Facebook kan aldrig erstatte det.

Det samme sagde han til lokalavisen i forbindelse med arrangementet sidste år.

– Jeg brænder for at hjælpe med at frigøre folks egne kreative evner, give dem tro på egne ideer, blev han citeret for at sige. Dalen-Kureren havde dækket det over to sider og tilføjet en spalte med navne og fotos af fem af deltagerne. "Inspirerende", "værdifuldt", "lærerigt" var ord, der blev brugt til at beskrive seminaroplevelsen.

Avisen kunne også godt lide det kælenavn, han spøgefuldt havde givet sig selv, at han også var InnovaTor på en god dag. Det gjorde sig godt i indledningen.

Nu glæder han sig til at stå på scenen på hjemmebanen igen. Sådan har det ikke altid været. Før det allerførste seminar var han usikker på, om Dalen var for lille til hans ideer. En ny generation var godt nok kommet til, og den udgjorde en skånsom buffer mod fortiden. Lokale ansigter, som stadig fremkaldte små stik i maven, når de passerede ham, forsvandt efterhånden i mængden af de nye og historieløse. Alligevel var han ikke sikker på, om det var nok til at føle sig tryg. Men det var gået overraskende godt. Og avisreportagen efter det andet seminar gav ham et kick, en berusende følelse af at alt var ved at falde på plads. Den nye generation viste, at de var på hans side. Seminar nummer tre kommer til at blive højdepunktet i et godt år for virksomheden.

De parkerer mellem skolen og rådhuset og deler plakaterne mellem sig. Tor mærker pludselig en prikkende modvilje i kroppen, da han går hen mod den gamle skolebygning.

Skolegården synes at være skrumpet ind under hans tunge, svajende gang mod opslagstavlen på den treetagers gavlvæg. Engang føltes området så stort, og frikvartererne så uendeligt lange. Han tænkte på det, da ungerne gik der, at alt virkede mindre. Men lugten i gymnastiksalens omklædningsrum var den samme, som da han var lille. Han mærkede den, når han af og til hentede dem, og de susede ind og ud efter de sager, de havde glemt.

Sanserne bliver vakt til live igen, idet han nærmer sig. Hvordan ser der ud indenfor nu? De lyseblå fliser i brusebadet må være udskiftet, det er jo mere end fyrre år siden, han blev tvunget til at stå der. Til at komme ud, våd og nøgen, og opdage, at hans tøj var fjernet, og at høre latter fra et usynligt sted.

– De er bare misundelige på dig, fordi du er så dygtig!

Forældrene løste opgaver sammen med ham, faren gav ham ekstra udfordringer, som ikke stod i bøgerne.

– Hvis du viser, at du er ligeglad, så holder de snart op. Forstår du det? Lad være med at vise, at du er ked af det.

Oprejsningen fra forældrene efter hver ydmygende episode fungerede som et skjold, indtil næste gang han stod alene mod de andre.

Han kunne godt lide fagene, det var det eneste, han syntes om i skolen. De andre drenge fik mest ud af frikvartererne, eller så pointen i at hænge ud ved busstationen efter skoletid, på splinternye Apache-cykler med langt sæde og højt styr, som alle skulle have på det tidspunkt. Tor tog en lille omvej hjem for at undgå at passere dem. Især lærte vinteren i femte klasse ham, at det kunne betale sig at holde lav profil. Leif var træfsikker, når det gjaldt om at kaste snebolde. En smerte skyder stadig gennem kroppen, når mindet om den værste træfning trænger sig frem hos Tor. Plagerierne fik ham til at klikke, forældrenes ord var i et kort sekund ugyldige. Han var klar til at møde sin angriber med et brøl, da snebolden kom som en kanonkugle og placerede sig lige i hans åbne mund. Lyden af den indpakkede sten, der ramte hans fortænder, smældede i ørene.

Tandlægen sagde, at det var heldigt, at hele tanden ikke knækkede. Han filede kanten af den flækkede fortand, så den blev glat igen, men nu pegede skråt opad.

– Janteloven, forklarede han senere til Erna. Den første tid de var sammen, pressede hun ham til stadighed om hans gamle klassekammerater fra Dalen, og hvorfor han aldrig hang ud med dem.

– De kom ikke så langt. Vi har ikke noget til fælles længere.

Han mærker på sin skæve tand med tungen. Ryster de minder af sig, som prøver at stjæle hans opmærksomhed. Den som ler sidst, ler bedst, og Tor kan ikke komme i tanke om en eneste fra klassen, der har klaret sig lige så godt som ham.

Han stifter plakaten fast på den rødmalede træbeklædning. Tager et par skridt baglæns og kigger på billedet af sig selv. I øverste højre hjørne af opslaget er der indtegnet en stor gul stjerne med en tekst, der fortæller, at han er rangeret på top ti af det bureau, der kun har de bedste talere i deres stald. Han nikker tilfreds og går tilbage til bilen.

– Vent lige lidt!

Tor holder Jørgen tilbage, lige før han skal til at stige ud af bilen efter plakatrunden. Han tager telefonen frem og signalerer til Jørgen, at han skal følge med. Nyheden MotivAppen kommer frem på skærmen. Dette værktøj skal gøre dig mere bevidst om din adfærd, og hvordan du bliver opfattet af andre. Nu mangler der kun de sidste detaljer, før det bliver lanceret på arrangementet i november.

– Det skal være motiverende og ikke moraliserende.

Han følger spændt med, mens Jørgen klikker sig ind på betaversionen. Bravometeret udgør kernen i den nye app. Her indtaster du forskellige slags gode gerninger i løbet af dagen.

– Jo flere gode gerninger over for familie, venner og kolleger, jo flere point får du, siger Tor.

Spørgsmålene er taget fra en personlighedstest, han selv engang tog på et seminar. Han har videreudviklet dem og skabt egne kategorier for at give dem et MotivaTor-præg. Han minder sig selv om, at han skal sende penge til Sindre for den tekniske udvikling af appen. Den unge nørd har ikke bekymret sig om, hvordan værktøjet skal bruges og af hvem, kun om at få det tekniske til at fungere. Siden Sindre har Aspergers, føles det næsten, som om Tor har gjort forældrene en tjeneste ved at hyre gutten for et symbolsk beløb.

Jørgen har allerede klikket sig igennem mulighederne og trykker på *submit*.

– Jeg tror, jeg ligger midt i feltet, jeg skal nok ta' mig lidt sammen siger han, da appen har beregnet, hvor flink han er.

– Måske skulle jeg invitere Kristin ud at spise noget oftere.

Det tager et par sekunder, før det går op for Tor, at svigersønnen er ironisk. Han bider irritationen i sig.

– Du kan også teste dine holdninger, se her!

Tor trykker med pegefingeren på telefonen, som stadig ligger i Jørgens hånd. Fingerspidsen finder en tekstboks i Bravometeret, hvor der står *Hvad gør du, når* ... og i næste boks vises forskellige dilemmaer, hvor man kan klikke på en af tre svarmuligheder.

– Slutresultatet viser, hvilke indre værdier du er styret af.

Brugerne af appen bliver mærket på en skala fra selvoptaget og en "taker", over umotiveret til engageret, uselvisk og en "giver". Variablerne giver tips til, hvordan man kan forbedre sin personlighed. Her er der tale om at realisere dit potentiale, det du har i dig. Start med venner og familie. Find giveren i dig selv, så får du tifold tilbage.

– Sjov idé, siger Jørgen. – Hvor meget tror du, den vil blive brugt?

– Det er ikke hovedpointen!

Bravometeret er designet til at få folk til at tænke, få dem til at indse, hvordan de kan påvirke deres eget og andres liv. Kan det virkelig være så svært at forstå, tænker Tor, men da han får samlet sig, siger han:

– Hvor mange mennesker bruger et sportsur i mere end et par uger?

Jørgen griner kort. Det er rigtigt, han har selv et sportsur, som han ikke har brugt i flere måneder, siger han og nikker forstående til sin svigerfar.

– Appen skal selvfølgelig videreudvikles, det her er bare en test, siger Tor og trækker sin telefonen til sig.

Da Jørgen åbner døren og er på vej over i sin egen bil, føler Tor igen en ulmende uro.

– Vi snakkes! Jeg giver en øl som tak for hjælpen!

Han råber højt, så han er sikker på, at svigersønnen kan høre det gennem tomgangslyden fra motoren.

Jørgen vender tommelen op i luften med ryggen til. Han forsvinder med lette skridt. Griner han? Tor mærker et stik i maven og lægger telefonen fra sig på passagersædet med skærmen nedad.

KAPITEL 13

Den langstrakte skranke i Dalen Sparebank er væk, og lokalet er forvandlet til et stort, åbent rum. Små øer af afrundede kontorborde er placeret med regelmæssig afstand fra hinanden. De såkaldte rådgiveres ansigter bliver oplyst af store, aflange skærme, der kan rumme flere Excel-ark og beregningsværktøjer samtidig. Før i tiden var det inde på kontoret, bag skranken, at Tor førte fortrolige samtaler med långiveren. Nu sidder han udstillet sammen med unge kunder, som bliver vejet målt og vurderet på egenkapital og betalingsevne.

Den gamle rådgiver er stoppet, og han må fortælle hele historien til den nye, Marit Stene. Kan hun være tredive? Ikke meget mere. Hun kan ikke have mange års erfaring.

– Jeg var nødt til at fokusere på at opbygge min virksomhed i et par år, så byggeriet blev sat på standby, forklarer Tor.

Marit Stene kigger på skærmen, mens han taler.

– Nu er det bare et spørgsmål om en effektiv og målrettet indsats, før Bygården står færdig og kan kaste en god indtægt af sig. Det vil gavne både mig og jer, hvis du forstår, hvad jeg mener.

Han hæver stemmen og forsøger at fange hendes blik.

– Nu er det et familieprojekt med stor egenindsats. Jeg har min svigersøn med mig, han er energisk. Vi hjælper hinanden i vores familie, for det er ikke altid sjovt at være førstegangsiværksætter, du ved.

Marit Stene læner sig tilbage i stolen og ser på ham.

– Belåningen er stadig høj. Måske skulle du få en ny vurdering først, siger hun og trommer fingerspidserne mod hinanden.

Er det muligt, tænker Tor. Han har været en trofast kunde hele sit liv. En erfaren bankmand ville vide, at Tor sidder på en stor sparegris. Dalen er en by i vækst, og både huse og erhvervsejendomme stiger i pris. Gode opvækstvilkår og beliggenheden nær den pragtfulde sø gør at der er lagt til rette for gevinst, så snart han er færdig med byggeriet. Og det fortæller han Marit med et tålmodigt ansigtsudtryk.

– Jeg kan alligevel ikke love dig noget her og nu. Vi har fået meget strenge udlånsvilkår siden sidste gang du refinansierede. Og jeg kan se, at din konsulentvirksomhed heller ikke har megen egenkapital. Marit ser undskyldende på ham.

Tor mærker en ulmende vrede brænde i mellemgulvet.

– Hør her, Marit. Både mit job og mine investeringer er sikre. Jeg har allerede et navn med national gennemslagskraft.

Han rejser sig, går et par skridt frem og stiller sig ved siden af hende.

– Se her, siger han venligt og finder Taleekspertens hjemmeside frem på hendes computer. Portrættet af ham, en lidt slankere version end nu, kommer frem. Et skævt smil og et direkte blik med det ene øje lidt sammenknebet. Og så peger han på portrættet af to andre personer. Eirik Bernhard Lassen og Frans Veelbuiten. Lassen peger på fotografen og ser ud, som om han stiller skarpt på noget.

– Kan du genkende dem?

Marit Stene nikker usikkert, men bekræftende.

– Godt. Så der har du altså mig, og, ved siden af mig, to af de største navne i landet inden for vores branche. De har brugt hele deres liv på at bygge sig op. Jeg har været i gang i fem år, og jeg er allerede på samme niveau. Er du klar over, hvad det betyder?

Rådgiveren gør mine til, at han skal sætte sig tilbage i stolen. Før hun får sagt noget, fortsætter Tor:

– Selv om det ikke kan ses på balancen endnu, går det kun én vej, og det er op. Mit marked er store arbejdspladser og velrenommerede organisationer, og de er pålidelige betalere. Mange af de ledere jeg møder, siger, at de vil bruge min filosofi i deres egen hverdag. Og det betyder nye kunder, ikke?

Han overdriver ikke, det må hun forstå. Hans forretningsstrategi virker. Han når bedst ud til sine ledere, når han fokuserer på dem han kalder modarbejderne. Han ved, at al den omsorgsfulde medarbejdersnak hænger lederne langt ud af halsen. De trænger til at møde nogen som kender til frustrationerne over folk der har en skidt indstilling til arbejdet. Det er OK at være utilfreds som leder, de har brug for tips og tricks til at overvinde udfordringerne. Men han må styre sig, ikke lade sig friste til at harcelere for meget over almindelige arbejdstagere. Næste gang skal han måske tale til manden på gulvet. Så må han ikke blive kritiseret for at være arrogant og respektløs over for dem.

– Mit koncept skal bare køre i et par kvartaler mere, før det giver et afkast på et helt andet niveau end nu.

– Jeg ... forstår, siger Marit. – Vi laver en grundig helhedsvurdering, men som sagt kan jeg ikke love noget her og nu.

Hun rækker ham hånden.

– Jeg ringer til dig, så snart jeg har fået det afklaret.

KAPITEL 14

Tor er optimistisk, da han bakker ud fra parkeringspladsen bag Dalen Sparebank. Det var et godt træk at bruge lidt tid sammen med den unge rådgiver. Hun kan ikke have vidst meget om at drive egen virksomhed. Det tager tid at profilere sig, og det er det, de skal forstå, før de kigger på hans regnskaber. Han trommer let med fingrene mod rattet i takt til musikken fra radioen. Det skal nok gå. Han har fundet nøglen til succes, han er bare ved at finjustere produktet. På samme måde som Lassen og Veelbuiten bruger han humor i sin kommunikation. Måske ikke så originalt, men det virker. På den måde holder han en let og levende tone med publikum og skaber en selvforstærkende energi. Han har et fasttømret brand, det har Marit Stene sikkert indset nu.

Kun én gang er han gået fra sit eget foredrag med en rigtig dårlig fornemmelse. Fortvivlelsen skyller ind over ham, hver gang han mindes episoden. Bare han hører navnet på den nye højskole, kommer følelsen af at stå der som en idiot, sagesløst hængt til tørre på scenen. Det var Taleeksperten, der havde booket. De må have haft hovedet i røven og ikke opfattet det snobberi, der lå bag. At der sandsynligvis var udsigt til gode stillinger til ledelsen på de to højskoler, der skulle fusionere på krav fra regeringen. De havde også fået en fjollet idé om at blive et universitet. Og så skulle Tor bruges til at få folk med, gøre det nemt for ledelsen at undgå modstand. Han indså det for sent.

Som han havde forstået opgaven, var der tale om et kick-off, hvor folk bare skulle rystes sammen og gå løs på nye, fælles opgaver. Han havde set det før, hvordan tilhørerne livede op, og energien steg i salen, når han gik på scenen. Folk havde måske brugt hele dagen på at diskutere tal, fakta og ressourcer. Og så kom han og løftede stemningen, gav dem noget at tale om. Publikum fik nye impulser, ord og udtryk at spille med og mulighed for at åbne op for hinanden ved at fortsætte, hvor han slap. Han fik gode tilbagemeldinger hver gang.

Han kørte programmet for de højskoleansatte efter det sædvanlige format: En PowerPoint-præsentation med enkle nøgleord og illustrative billeder og supplerende tale med en humoristisk og inspirerende vinkling.

– Lytter du nok til andre? Selv om du ved bedst, er det vigtigt at lukke andre ind, før du gør det, du alligevel har tænkt dig at gøre!

Han smilede til publikum og syntes at starten var god. Men han fik ikke den forventede respons. Han husker, at han forsøgte at få øjenkontakt med en kvinde forrest i salen som bare stirrede tomt tilbage.

– Smøreolien til alt samarbejde er at give, at tilsidesætte egne behov for at vinde på lang sigt. Prøv at se, om ikke det virker!

Publikum var helt stille, som om de holdt vejret og ventede på en besværgelse. Han kunne mærke varmen sprede sig fra nakken og opover, at mundvigene trak sig sammen, så læberne fik problemer med at formulere den næste sætning.

En fyr rejste sig pludselig op, Tor gispede ved skrabelyden fra stolen, der blev skubbet bagover, idet manden rejste sig fra sædet.

– Er det lommefilosofi, som ledelsen nu vil bedøve os med? Skal vores opmærksomhed bortledes med en omgang vissevasse midt i sliddet med at samkøre undervisningsplaner og faglige strukturer i en fusion, som ingen ønsker?

Tor husker følelsen af, at gulvet gyngede under ham. Sekunder føltes som minutter. Indblanding fra publikum indgik ikke i hans oplæg, det gjorde det aldrig, bortset fra et par retoriske spørgsmål, som han havde fuld kontrol over. Han husker, hvordan han forsigtigt kiggede op på lærredet. Måtte finde ud af hvor langt han var kommet i foredraget, som han havde lært udenad, som var det en tysklektie fra gymnasiet, inden han gik i gang. Det var kun den indledende vinkel og selvfølgelig afslutningen, som var specielt tilpasset målgruppen i salen; resten af indholdet havde han brugt utallige gange før. Men fra podiet på højskolen var der tomt, helt tomt. Han rystede på hænderne og satte dem på hofterne. Han trak sig bagover på scenen, som for at søge ly. Men før han fik samlet sig, fortsatte den ubehøvlede akademikertype med at fremture.

– Alle de timer, som nu forsvinder her, burde hellere være brugt på at diskutere ulemperne ved det såkaldte kontorlandskab, de prakker os på. Skal vi sidde som køer i en bås uden plads til hverken bøger eller arbejdsredskaber? Hvor skal vi vejlede vores studerende, i *kh-affebaren*?

Fyren spyttede det sidste ord ud. Han stod med ryggen halvvejs vendt mod Tor og havde hele salens opmærksomhed.

Tor hørte spredte klapsalver, som ikke var tiltænkt ham.

Han vrider overkroppen for at ryste det af sig. Hvordan slap han ud af situationen? Han husker det ikke. Forbandede amatører i Taleeksperten, han kunne have skiftet bureau på stedet, hvis det ikke var for æren af at stå på deres liste. Efter den uholdbare hændelse havde han skrevet sig flere erfaringer bag øret. Dette efterår har han sikret sig bookinger hos målgrupper, der ikke kommer til at udsætte ham for lignende overgreb. Folkeuniversitetet, en industriorganisation, sportsklubber og frivillige organisationer. Almindelige mennesker.

KAPITEL 15

I næste uge skal regnen endelig komme. Tor og Erna er nødt til at tage fat på det forestående arbejde med at bejdse terrassen ud mod søen. Erna tager plastikken af de nyindkøbte pensler, og Tor rører den flade træpind langsomt rundt i spanden.

Telefonen vibrerer i lommen. Det er Jørgen.

– Er det OK hvis jeg kommer forbi?

– Selvfølgelig, lyver Tor og kigger forsigtigt på Erna. Han lægger låget på plastikspanden med bejdse og tørrer sine hænder.

Da Tor møder svigersønnen på parkeringspladsen, kan han stadig fornemme uroen fra sidste gang, de var sammen. Bekymringen for at Jørgen ikke tager ham alvorligt, forstår hans koncept. Men Jørgen tager imod ham med et forsigtigt og forventningsfuldt smil.

– Jeg har grovredigeret de droneoptagelser, jeg tog i juli. Vil du se?

Tor mærker en lille kriblen i kroppen over, at Jørgen selv har taget initiativ til at bidrage.

– Ja, selvfølgelig!

– Det er råmateriale, så det skal gøres kortere, siger Jørgen, mens han åbner filen.

Denne gang har han sendt kameraet langs trætoppene, over en mørk sti langs skovbunden, men lys set oppefra. Dronen bevæger sig i bølger op og ned mellem skyggerne i menneskehøjde og langs trætoppene, hvor sollyset skaber en næsten selvlysende grøn farve og giver udsyn til skov og vand.

– Jeg regnede med, at det kunne passe til dine filosofier, siger han næsten undskyldende.

Tor føler en lettelse i brystet. Nu udgør de et fællesskab. Han må opdatere sin historiefortælling, så snart han får tid. Jørgen skal med i fortællingen – kammeratskabet, den udvidede familie. Luk dem du stoler på ind, en familie som holder sammen, er uovervindelig!

– Fantastisk symbolik! Perfekt til både foredraget og YouTube. Kan du lave både en kort og en lidt længere version?

Tor minder sig selv om, at PowerPointen og hjemmesiden skal have nye familiebilleder, hvor Jørgen er med. Mon Karl stiller op til fotografering? Måske er det bedst, hvis han ikke gør.

Da Jørgen er gået, og de begynder at bejdse, mærker Tor en ny energi i kroppen. Han og Erna går klodset frem og tilbage og rundt om spanden med bejdse, som to fremmede, der mødes på et smalt fortov. Begge koncentrerer sig om at få den helt rigtige mængde på penslen og om ikke at dryppe, hvor der allerede er malet.

Samarbejde i stilhed. De behøver ikke at se på hinanden, og det gør det lettere for Tor at spørge om en ting, han ikke har haft overskud til at tage op før nu.

– Hvad siger du til at arbejde på fuld tid i et stykke tid? Han stryger penslen langsomt og let hen over brættet.

Erna svarer ikke, hørte hun, hvad han sagde?

– Jeg mener, bare indtil vi kan begynde at udleje Bygården, fortsætter han.

– Hvad er det nu, har du fået et betalingsproblem?

Den direkte og nedladende tone overrasker Tor.

– Betalingsproblemer nej, hvor har du det fra?

Han famler efter ord.

– Men vi kunne godt ha' samarbejdet om at få Bygården færdig lidt hurtigere, så ungerne kunne komme ind i huset.

Kristin og Jørgen. Kjersti. Hvad skulle de have gjort uden ham? Når lejlighederne i Bygården er klar, vil de indse, hvor meget han har ofret for dem. Ham, ikke Erna. At arbejdet havde stået stille så længe, var lige så meget hendes skyld. Fyren måtte væk, om så Tor skulle bygge resten med egne hænder.

– Hvad sagde banken?

– Der mangler kun ganske lidt, før jeg har finansieringen på plads. Men hvis vi har to indtægter i en periode, vil det jo påvirke vilkårene og betingelserne.

Det er næsten ikke til at holde ud at skulle stå her og tigge Erna om at bidrage. Kan hun ikke selv se, hvad der står på spil? Klarer de denne hurdle, kommer de børnenes andre planer i forkøbet. Gevinsten er, at de bliver i Dalen. Bliver hos ham.

– Jeg vasker ikke en eneste røv mere, end jeg allerede gør, så det kan du godt glemme alt om.

Hun hader jobbet som plejehjemsassistent, det ved han. Men plejehjemmet har masser af ledige vagter, og hun kunne have tredoblet sin indtægt, hvis hun benyttede sig af mulighederne. Men sådan havde de ikke indrettet sig i tidernes morgen, og det er åbenbart umuligt at lave om på.

Han var jo startet på toppen, så hun behøvede ikke at tjene penge. Desuden skulle ungerne følges op. Efter et par år blev det alligevel vigtigt at komme lidt ud, som hun sagde, det var ikke urimeligt. Plejehjemmet ligger i gangafstand fra huset, de tog ufaglærte ind både dag og nat og gør det stadig. Den aftale, han og Erna indgik, var, at hun skulle tjene lidt til sig selv. Lommepenge.

Men den aftale tog ikke højde for tab. Han huskede de søvnløse nætter, da livet var nær ved at gå op i limningen. Måden han slæbte sig frem og tilbage på stuegulvet, mens de andre sov. Døgnrytmen var væk. Af og til var han så udmattet, at han ikke vidste, om det var morgen eller aften, når han vågnede. Det var krævende nok at skulle håndtere alt det med barnet på sidelinjen, med Ernas stiltiende accept. Officielle forretningsrejser i forbindelse med arbejdet muliggjorde et pligtbesøg i ny og næ. Men hver gang han havde været der, steg bekymringen for, hvad der skulle ske fremover. Han var sådan set glad for pigen, men hun ville ikke give slip og blev mere og mere krævende. Da han også blev uvenner med sine inkompetente kolleger og i tide og utide blev indkaldt til opklarende samtaler med chefen, troede han på et tidspunkt, at alt ville falde fra hinanden.

– Dette er ikke et sted for solister. Hvis vi ikke kan få teamet til at fungere, så mister vi penge hver dag.

Chefen, som til og med var yngre end Tor, evnede ikke se, hvad der foregik.

– Sig det til dem, der ikke leverer, det ikke er mig, der er noget galt med.

Han hører ekkoet af sin egen stemme. En kuldegysning løber gennem kroppen, når han tænker på det. Han havde forgæves forsøgt at formidle sin side af sagen. At de andre ikke forstod de løsninger, der lå snublende nær, og som tilsyneladende kun han kunne se. At han var nødt til at gøre alt, hvis der skulle ske noget. Først i bakspejlet indså han, at alle samtalerne var led i en plan for at få ham ud. Opbygge en sag, som HR-folkene kalder det.

Den sidste terrasseplanke er mættet med rødbrun bejdse, og Erna går hen for at skylle penslerne. Tor følger den kompakte, beslutsomme krop med øjnene. Halsen er blevet mere krum med alderen, håret har fået en skinnende kastanjefarve, der forsøger at dække over de nådesløse grå strå, som titter frem. De ufikse malerklæder får hende til at se kønsløs ud. Han kigger ned ad sin egen krop. Maven ligger ti stabile centimeter ud over bukselinningen, og han ser kun spidserne af skoene. Han sukker og retter ryggen.

Han behøver ikke at tage spørgsmålet om fuldtidsarbejde op igen. Det skal nok ordne sig, der findes altid en løsning. Det har han jo erfaret – ligesom det med firmaet. Da han fik det hele på afstand, var han næsten taknemmelig for, at det gik, som det gik. Det var et spark i røven til at vælge en ny vej, til at gøre brug af sine kreative evner. I opsigelsesperioden med fritag for arbejdspligt, hvor han tænkte på al den uretfærdighed han havde overlevet, var det at han indså, hvad der skulle gøres: Give sig selv oprejsning og bruge kundskaben til at hjælpe andre. Sørg først for en iltmaske til dig selv.

Han samler de tomme spande med bejdserester og tager dem med over i udhuset. Da han kommer tilbage, stiller han sig ved Ernas side, og de betragter den halve dags arbejde, de i fællesskab har udført. Han lægger hånden forsigtigt på hendes skulder.

– Tænk sig, snart skal vi måske byde børnebørn velkommen i dette hus. Små fødder, der trisser rundt på terrassen. En ny generation Høyseths i Dalen, siger han med varm stemme.

Hun kigger op på ham, men svarer ikke.

KAPITEL 16

Hvad er et vendepunkt?

Una hviler tindingen mod bussens kølige vinduesflade. Den timelange rejse, der skal bringe hende til trin to i planen, føles som en flyrejse til et andet land. Et spind af tanker vikler sig tæt omkring hende. Hun er en larve, der hyller sig ind i en kokon på vej mod puppestadiet. Hun vil sprede sine vinger som sommerfugl, en dagpåfugleøje, når han har taget imod hende, når alt falder på plads.

Selvforagten, der har plaget hende siden det ynkelige forsøg på at nå faren under falsk flag, fordamper i den klamme lugt af regnjakker og våde rygsække. I dag er hun analog. I dag er han virkelig, ikke en video eller en statusopdatering. I dag vil de indånde luften fra det samme rum for første gang i seksten år. Hvem bliver hun, når dette er gennemført, og hvem vil han være efter denne dag? Den stive, grønne plastikmappe med albumarket ligger trygt i tasken, som hun har i skødet. Hun har læst om store og livsforandrende vendepunkter hos andre, og tanken om at hun står lige foran sit eget, slår hende næsten ud.

Bussen standser for at sætte en kvinde med barnevogn og en ternet pusletaske hængende over skulderen af. En opmærksom ung mand hjælper hende med at løfte barnevognen forsigtigt ud. Tankespinderen sender Una tilbage til den tilstand, hvor det var selvfølgeligt for hende at han kom og rejste igen, før hun opdagede at det var usædvanligt for andre, at en far kun var én der kom på besøg. Hun hører morens stemme. Godnat, min skat, sov godt i nat, og drøm om mig, som elsker dig. Hun hører sin egen lyse stemme, i kor og i takt med moren.

Hvornår vågnede visheden om uretfærdighed, at hun skulle have haft mere? Var det et vendepunkt, da hun indså at andre børn blev lagt i seng og fik læst op af to forældre, nogle gange i separate hjem, men alligevel. Savnede hun noget, hun ikke vidste hvad var, fordi andre havde det? Eller da mormor døde, og Una forstod at moren også kunne forsvinde. At hun faktisk kunne blive ladt alene, som i den tilbagevendende drøm, hvor hun skamløst nærmest ønskede sig en grund til at blive en del af Angies familie. Var det derfor hun blev Una den utrygge? Hun er i tvivl. Det er vel kun pludselige og uventede begivenheder, der kan betegnes som vendepunkter for forandring, ikke disse bølger og strømme af minder og opdagelser, der langsomt vækkede erkendelsen af, at hun var et afvist barn.

Om tyve minutter skal bussen være fremme. Der skal være tre hundrede meter at gå ad en sidevej op til medborgerhuset. Anden etape af jagten er tilbagelagt om lidt. En sidste tynd og skrøbelig tanketråd vikler sig ind i spindelvævet. Hun bortmaner den ubehagelige følelse af, at det hun egentlig håber at finde, er den person hun kunne have været, hvis ikke han havde forladt hende: en helt anden Una.

Det tager tredive minutter. Bussen blev stående bag en bilbjergning, der var i færd med at blive afsluttet. Bilejeren så stresset ud, som han stod der og trippede i grøftekanten. Det uventede afbræk i tidsplanen planter en uro i Una, som hun kæmper med at lægge fra sig, da hun endelig kan forlade bussen.

Knæene truer med at svigte, idet hun træder ned på asfalten, hun hinker halvvejs ud til siden for at genvinde balancen. Håber at ingen fra bussen så det, og forsikrer sig om, at hun har husket tasken.

Øverst på trappen ved indgangen til det gråmalede medborgerhus blafrer svagt et blåt og gult banner med billede af to løveansigter i profil. Lions International. Fæstet til væggen hænger en plakat med farens glade ansigt. På afstand ser hun det varme, skæve smil, som hun kender så godt fra alle kanalerne, hun følger. Hun står stille ved foden af det første trin, mens publikum flyder som en stime forbi hende og op mod indgangsdøren. De fleste to og to, spændte og forventningsfulde, klar til at rydde op i livets rodeskuffe, som det hedder i hans annoncer.

Nogle har notesbøger i hænderne. Plakaterne lover dem værktøjer til at bruge på arbejdet for at dele nye perspektiver med deres kolleger, bryde op i fastlåste mønstre. I videoklippene siger han, at de skal holde spejlet op og starte med sig selv. Tage det første skridt, og når de er startet med sig selv og har bevæget sig ud i det konstruktive, vil omgivelserne blive smittet. Trickle down positivity, de bliver løsningsorienterede, det bliver pinligt at være den, der sidder og surmuler i et hjørne.

De vil ikke have modarbejdere, de vil have medarbejdere, og MotivaTor sår frøene til entusiasme på arbejdsplads og hjemmebane.

Hun ser sig omkring. De er modtagelige, de er klar.

Una passerer Lions-banneret og tager en dyb indånding. Med venstre hånd trækker hun sin taske godt ind over højre skulder og rækker den printede billet frem, som hun har købt via arrangørens hjemmeside. Folk skubber ufrivilligt til hinanden, idet de kanter sig ind gennem den smalle dør.

Ved garderoben står der et bord med to glasskåle fyldt med pastiller. På etiketterne står der "FearminaTor – effektiv mod skam og modløshed" med en rød flamme som illustration. Hun tager en pastil, den smager af mentol. Der ligger to bunker med farverige hæfter for enden af bordet, hun tager et eksemplar op. "Dit liv som rund: Sådan bliver du en mere generøs udgave af dig selv". Farens navn står skrevet nedenunder. På bagsiden står der, at når du har lært at acceptere dig selv fuldt ud, at du er god nok, så kan du være med til at bygge andre op.

Hun tager en 200-lap frem og giver den til kvinden med Lions-nålen på reverset.

- Begge?

Una nikker. Hun lægger hæfterne i tasken.

En jævn lyd af stemmer summer i lokalet, som næsten er fyldt. På scenen står et lille rundt bord på høje ben med et glas og en kande med vand. Enkelte af kvinderne i salen sidder med strikketøj i skødet og taler lavmælt, mens pindene klikker mod hinanden.

Hun overvinder impulsen til at gå sagte frem og ligesom søge efter en plads lige når det begynder, påfaldende nok til at han kan se hende fra scenen. Måske vil de, der sidder der, opdage, at hun ligner ham, at hendes ansigt har træk fra det smilende ansigt på plakaterne. Den spidse hage, der bryder med det ellers runde ansigt. Den lidt tætte afstand mellem øjnene, og huden der er lys og sart, i hvert fald hendes. Hun tager en stol allerbagerst. Griber ned i tasken og sikrer sig endnu en gang, at det grønne omslag er der.

Lyden af pulsen dunker i ørerne. Hun er svimmel, indersiden af hænderne er våde, og hun placerer dem åbne i skødet. Klokken er lidt over seks, programmet skulle være begyndt. Dem i stolene foran hende taler om øl og pizza. De skal i byen bagefter med dem fra arbejdet, inspireret og klar til at tænke ud af boksen.

En mand træder ind på scenen, noget presser mod hendes hals. Det er ikke faren. Hun puster ud igen. Manden byder velkommen, siger at de er stolte af at have fået MotivaTor hertil, det er ikke hver dag, at så store navne kommer til denne del af regionen, men nu vil MotivaTor gerne møde folk, hvor de er, og byde på sig selv. Og er det ikke fantastisk, at de ikke behøver at rejse hele vejen ind til byen for at blive inspireret i hverdagen. Men nu skal han ikke opholde dem længere, han ved godt, at det ikke er ham, de har ventet på.

Han griner af sig selv. Så løfter han hænderne til en forhåndsapplaus, og publikum klapper i utakt, da faren kommer ind på scenen. Det føles, som om en kanonkugle rammer hende i brystet.

Han holder den ene hånd i vejret, smiler og nikker, mens bifaldet stilner af. Placerer en flad hånd over panden og kigger ud mod salen, kommenterer hvor mange der er.

– Håber ikke, at nogen af jer er gået fejl! Han smiler og ser spørgende ud.

Una lægger mærke til, at folk længere fremme kigger bagover og nikker til hinanden, når de ser at salen er fuld.

– Hvor mange af jer har gjort noget godt for en anden i dag?

Hænder går i vejret spredt i salen.

– Hvad gjorde I så? Tog I en kop kaffe med til jeres kollega, tømte I opvaskemaskinen i fælleskøkkenet?

Lavede du morgenmad, så din partner kunne ligge ti ekstra minutter i sengen?

Folk i salen kigger på hinanden, lokalet fyldes med summen, før han afbryder dem:

– Forestil dig at summen af alle de små og store ting folk gør, som ikke gavner dem selv i første omgang, betyder at de alle på et tidspunkt bliver udsat for en god eller i det mindste omsorgsfuld handling.

Han smiler bredt.

– Hvorfor siger vi ha' en god dag til hinanden, når vi egentlig burde sige skab en god dag? Lad os begynde med det, folkens, skabe gode dage for os selv og hinanden!

Et sus af enighed går gennem salen.

Ordene vælter ud af ham, og med en knap skjult i hånden skifter han slides i PowerPointen i takt med det, han snakker om.

Una lytter opmærksomt, men opfanger ikke alt. Venter på signalord. Siger han noget om at savne?

Han går frem og tilbage på scenen, lidt tung i kroppen. Han stiller spørgsmål til de forreste i salen, og det er, som om han allerede ved, hvad de vil svare. Replicerer med hurtige kommentarer. Hun hører ikke, hvad dem på forreste række siger, men han gentager noget af det i mikrofonen, og publikum griner og nikker.

Han siger intet om savn eller anger.

Efter slides med tekst kommer der et familiefoto, det rykker i Una. Han byder på sig selv og sin familie, og de voksne børn smiler sammen med ham på billederne. Konen, som han kalder InspirErna, står med en hånd i siden og kigger ind i kameraet med en lukket, smilende mund. Døtrene støtter sig med albuerne farens skuldre. Den ene er blond med håret sat op i en hestehale og afslører en hvid perlerække med sit smil; den anden har rødbrunt, kortklippet hår og fregner på næsen. Sønnen, med samme hårfarve som Una, står til højre for den ene søster, hans mund danner et smil, men blikket peger ud i luften og ikke mod fotografen.

Una lukker øjnene.

– Ja, dette var engang et yndigt trekløver. Tror I, at de kom hjem fra skole og sagde: Nu, mor og far, nu skal I ta' en lur, og når I vågner, er der ryddet op i huset, og vi har ordnet lektier og lavet eftermiddagskaffe til jer?

Der bliver helt stille. De strikkende kvinder foran hende ser spørgende på hinanden. Det ser ud, som om han har øjenkontakt med nogen længere fremme, Una ser rystende hoveder, hører svag latter.

– Nej, I kan tro, at vi havde besvær med at få de sure sokker til at havne, hvor de hører hjemme. Men så vendte jeg situationen med et hurtigt trick, uden et eneste milligram råben eller brok. For at motivere ungerne til at gøre rent på værelset, begyndte jeg med loftet.

Una kan ikke følge med.

– En positiv indfaldsvinkel! Fortæl børnene, hvor pænt og ryddeligt deres loft er, ros dem, og sig at det nu er det gulvets tur, husk at du også skal være god mod gulvet.

Hun ser dukkehuset for sig, hvordan hun ordnede det, når han havde rodet det til med sine store hænder, når han ligesom-legede med hende. Hun tænker på albumarket, hun har i sin taske.

Han taler om kunsten at tåle modgang. Hvordan han har mødt forhindringer og modgang, både personligt og professionelt. Hvordan han har været nødt til at opgive egne drømme, fordi andre har sat dagsordenen. Hvor mange i salen kender til at blive modarbejdet, spørger han, og en række hænder går i vejret, nogle ser undskyldende på sidemanden, nogle nikker til hinanden.

Hvorfor har de modarbejdet ham og hans drømme, og hvem er de? Hun får lyst til at gå op til ham.

– Men husk det her: Når bureaukratiet, embedsmændene, kommunen og den slags stikker dig kæppe i hjulet, så prøv at ta' fugleperspektivet frem!

Una hører sin mors stemme sige, hvor stolt hun er af at være bureaukrat.

Han strækker armene ud og bøjer overkroppen forover, svæver som en ørn et par skridt til siden og kigger ned i salen. Løfter hovedet op igen.

– Måske ser du noget andet end det, du ser fra den flade jord. Selv så jeg nogle stakkels papirnussere sidde med alle disse bedøvende dokumenter hele dagen lang. Og så tænkte jeg, at det måske var forståeligt at de var lidt ondskabsfulde, bare for at føle at de havde magt over situationen.

Folk i salen ler igen. At se krænkeren som et offer kan være styrkende, det er lyder fornuftigt. De to kvinder foran Una hvisker til hinanden, og den ene løfter tommelfingeren mod den anden. Som om hun har lagt en plan.

Han har været så langt væk, det er så længe siden. Nu er han her, de er her begge to. Hun hører ikke længere, hvad han siger. Hun ser, at han taler, men ordene forsvinder for hende. Hun fokuserer på ham som gennem en tunnel og udskiller det, som er de samme træk som dem hun ser i spejlet, og det stemmer, selv på afstand. Han er min far, og han skal blive min far, tænker hun. Andre skal ikke få lov til at bestemme over os to længere.

Hun trækker vejret dybt ned i maven for at holde balancen, selv om hun sidder ned.

Da foredraget er slut, er hun en af de første der går ud. Den kølige eftermiddagsluft trækker hende ud af tunnelen, hun lukker øjnene og forsøger at fremmane hans stemme, som den lød derinde. Hun bliver forstyrret, alle omkring hende snakker med hinanden, begejstrede over det, de har hørt. Nogle af dem bagtaler kolleger, som ikke er der. De sammenligner det, de har hørt fra MotivaTor, med det, de oplever på arbejdet.

– Det er præcis sådan det er, siger en kvinde til sin veninde og tilføjer, at nu skal hun hjem og få gang i manden. Han skulle have været med.

Faren har ramt en nerve hos folk. Hun retter sig op og forsøger at se udtryksløs ud, mens hun overskuer folkemængden for at gøre sig synlig, måske vil de tænke, at dér er jo hans datter, hun ligner ham. Hun hjælper sikkert til. De er en slags duo på turné.

Ingen ænser hende.

Hun får ikke øje på ham, selv efter at næsten alle er gået. Hun bliver stående i udkanten af parkeringspladsen, venter på at få et glimt af ham. Det kribler i fingrene ved tanken om, at han kan være i nærheden af hende hvert øjeblik. Hun rører ved mappen tasken igen. Hvis han er alene, vil hun gå over til ham.

Hun ser ham ikke.

Manden, der havde budt velkommen, svinger ud mod hovedvejen fra bagsiden af medborgerhuset. Hun ser en skikkelse på passagersædet i bilen, der kører væk.

KAPITEL 17

Hej

Jeg håber I læser denne besked, selv om vi ikke er FB-venner. Jeg ved ikke, om I ved at jeg eksisterer.

Jeres far er også min far.

Jeg er 24 år, og jeg tænker, at nu hvor vi er voksne, så kan vi måske lære hinanden at kende. Vi er jo en slags søskende.

Jeg håber ikke det er dumt, at jeg tager kontakt på denne måde. I behøver ikke at svare, hvis ikke I vil.

Jeg har ikke mødt Tor i 16 år, så det er ikke så mærkeligt, hvis ikke han har fortalt om mig. Det var nok ikke så let for ham.

I behøver ikke at svare, hvis I ikke vil. Undskyld forstyrrelsen.

Una ser på det tomme vinglas. Hun føler sig kvalm. Hun har sendt det. Hun har gudhjælpemig sendt det. Hvad gør hun nu?

Hvorfor sendte hun det til alle tre samtidig? Kender de allerede til hende? For fanden da! Hun går rundt om sig selv på gulvet, krænger trøjen af. Leder efter en ny vinflaske. Hylden er tom.

Det er kun nogle timer siden, hun var i samme rum som faren, og nu har hun ødelagt det hele. Hun går ind på sin profil, vil være usynlig. Kan de læse hendes beskeder, hvis hun ikke længere er der? Hvor kan de ellers finde hende? Instagram! Men der har hun bare et åndssvagt kælenavn og kan ikke søges frem på navn.

Hun kan ikke få sig selv til at deaktivere kontoen. Hun fjerner sit efternavn. Nu står der bare Una M. Hun skifter sit profilbillede med et andet, der er taget på afstand, hvor hun sidder i en kæmpestor stol og ser lille ud, hun har solhat på, ansigtet er utydeligt i skyggen. Erlend tog billedet på Portugal-turen, et sted hvor kolde atlanterhavsbølger skærer sig ind i klipperne. Ikke langt fra det sted, hvor en britisk pige, som hed Madeleine, forsvandt fra sine forældre for mange år siden. Hvor er Madeleine nu? Hvis hun er i live, leder hun sikkert også efter sin far, og til og med efter moren. Stakkels pige.

Hun tjekker profilindstillingerne. Kun vennerne kan se de andre billeder af hende. En bølge af selvhad skyller gennem hende. Hvorfor sendte hun den åndssvage besked?

Et symbol dukker op på Messenger. To cirkler med små billeder indeni. To af dem har allerede læst den. Hun hulker højt med underarmen for øjnene.

– Angie!

Telefonsvarer. Åh, for helvede.

"Angie, jeg er nødt til at tale med dig. Ring. U"

Det er langt over midnat. Hun er lysvågen, har telefonen med i sengen. Billederne der flimrer frem, kommer i så korte glimt, at hun ikke er i stand til at fange dem. Alt det der er sket, alt det der kan ske. Igen og igen ser hun på beskeden, hun sendte. Stønner højlydt af skam. To af tre har set den. Hvad hvis de viser den til faren, hvad hvis *han* svarer?

Hun samler sig, holder en flad hånd ud fra siden af hvert øje. Lukker dem og ser faren foran sig. Beslut dig for at du vil det mere, end du er bange for det, siger han i en af sine videoer. Ja, sådan skal det være. Hun ønsker det, hun vil det!

MotivaTors budskab er at frigøre os fra de ting, der blokerer for vores drømme, at leve det ene liv vi har, tage os af hinanden. Lad ikke bagateller, facade og prestige stå i vejen for at vi kan mødes som mennesker. Det må være hende, han tænker på, på at få hende tilbage.

Andre satte dagsordenen. Nogen forhindrede ham i at se hende, trække dynen over hende, lege, gå i biografen, i forlystelsesparker og tage hende med på ferie, som alle fædre ønsker at gøre med deres børn. Faren bygger broer mellem mennesker. Han vil helt sikkert bygge en bro mellem hende, ham og dem. Nu er de voksne. Tiden må være moden.

Hun rejser sig og går ud i køkkenet, er ikke længere svimmel, åbner køleskabet.

Maden sætter sig fast i halsen igen.

– Du skal fratages alle kommunikationsmidler.

Angie er nådesløs. Una stivner, hånden låser sig om telefonen.

Nu er det bare hende, nu er hun alene. Okay.

Gudskelov har hun fri. Natten var så lang, og Una lå der og tænkte, at når Angie vågnede og endelig ringede tilbage, så skulle de mødes. Hun skulle få læsset det hele af over for Angie, som de altid gjorde, når de var overgearede, glade, deprimerede eller forventningsfulde.

– Har de svaret?

– Nej.

– Jeg advarede dig, Una. Hvis de havde syntes om det, ville de ha' omfavnet dig med det samme. Hvad i himlens navn tænkte du på, var du fuld?

Una trykker på det røde telefonikon.

Angie ringer ikke tilbage.

Som en storesøster, har Una tænkt at Angie var. Nu ved hun ikke længere, om hun er sikker på, hvad en søster er.

Hun har to søstre mere. Og en bror. Hun tjekker, om de har svaret.

Kristin har svaret. Før Una har læst hvert enkelt ord, ved hun, hvad der står.

Forventer du, at jeg skal tro på dette?
Du er syg i hovedet
Lad min familie være i fred!
Du er blokeret!

Hun smider telefonen fra sig. Billedet af de tre sammen med faren på det store lærred i medborgerhuset flimrer for hendes øjne. Ham og Erna. Glæden ved hverdagen. En familie, der holder sammen, er uovervindelig.

Hvad havde hun indbildt sig?

KAPITEL 18

Manden fra den lokale Lions-klub har hyldet Tor hele vejen, og rusen fra klapsalverne sidder stadig i kroppen, da bilen standser uden for afgangshallen. Tor har ydmygt gentaget "Jeg er glad for, at du kunne lide det, det er godt, at folk får noget ud af at dukke op" flere gange på vej fra medborgerhuset. Men inderst inde ved han, at han har gjort et forbandet godt stykke arbejde. Det kørte bare, de spiste af hans hånd.

Som sædvanlig, stort set.

Han nikker venligt til sikkerhedsvagten, mens han samler sin computer, jakke og telefon op fra kassen, der kommer glidende ned ad transportbåndet. Synd, at flyet letter så tidligt, for han plejer at tage sig tid til at slentre rundt blandt publikum på vej ud fra sine forelæsninger. Så snart folk ser ham i mængden, vil de snakke om hvordan de oplevede foredraget, hvordan han sætter ord på det, de tænker. Hvad de nu vil gå hjem og gøre, tage op med deres ægtefælle, fortælle chefen, gå i gang med. Der er sædvanligvis også god omsætning på de motivationshæfter, han har fået trykt, og han signerer gerne, når han har tid.

Han tjekker telefonen. MotivaTor har fået 23 nye følgere på Facebook. Et par af dem har skrevet begejstrede hilsner på hans væg. Og det endda før det lille Fokker-fly letter. Fin dag på jobbet.

Pegefingeren søger mod tastaturet på telefonen, men han trækker hånden tilbage. Tilskyndelsen til at svare og sige tak for hyggelige hilsner må undertrykkes, selv om han har tid til det her i afgangshallen. Hvis han bliver for ivrig, tror de måske, at han ikke er vant til at få ros.

Vel om bord sætter han sig ved nødudgangen. Han strækker benene så langt ud han kan fra det trange flysæde. Kabinen er fuld. Han drejer hovedet halvvejs rundt og kigger tomt ud i luften, mens han forsigtigt forsøger at registrere, om nogen i flyet genkender ham. Trods alt har han bygget sig selv godt op i løbet af det seneste år og er synlig i mange kanaler. Nogle gange føler han sig som en del af et omrejsende humorshow; det er de kvikke replikker og opfindsomme vinkler, der får ham til at skille sig ud i Taler-Norge. Foruden en ret vellykket selvpromovering i de sociale medier, er det jo også blevet til et par billeder i aviserne.

– Jeg var om bord i flyet med MotivaTor, fortæller de måske, når de bliver hentet i lufthavnen.

– Han så helt almindelig ud. Men jeg turde ikke sige noget til ham, selv om jeg havde lyst, er der måske nogen der siger.

Han døser hen med et smil på læben.

Det er mørkt, da flyet lander, og han går med hurtige skridt mod korttidsparkeringen. Han er lettet over, at Erna ikke er hjemme, da han ankommer. Med en skive brød i hånden sætter han sig i den sennepsgule lænestol, der er formet efter hans bagdel. Han løfter læggene, så benene står ret ud i luften, sætter fødderne i gulvet igen, trækker bukserne væk fra skridtet og vrider overkroppen. Tilpasser sig omgivelserne, lugten og lyset i huset. Han lader Nyhederne summe i baggrunden, mens han på ny læser hilsnerne på Facebook, hvor der er kommet flere følgere. Nu kan han sende ros tilbage til sit inspirerende publikum. Han publicerer et billede, han tog af sig selv med tommelfingeren i vejret under velkommen-skiltet i lufthavnen. "The MotivaTor has landed", skriver han under billedet, og tilføjer en smiley. Følgerne har godt af at vide, at han er meget efterspurgt og må tage fly til sine events. Statusopdateringen giver hurtig respons.

Telefonen ringer med Always Look on the Bright Side of Life, som Jørgen har lagt ind for ham. Det er Kristin. Hun skriger, og hendes ord forsvinder i bjæffende lyde. Det tager et stykke tid, før han forstår, hvad hun siger. Han rejser sig så hurtigt, at det svimler for ham. Telefonen glider ud af hånden på ham. Halsen snører sig sammen, og han må synke for at løsne blokeringen og få luft ned i lungerne. Han glemmer at slukke for fjernsynet, før han går med lange, tunge skridt ud til bilen.

Kristin og Jørgen står med armene over kors på det ufærdige gulv i den lejlighed, der skal blive deres. Begge stirrer på Tor, idet han træder ind i rummet. Datteren styrter hen mod ham, skubber ham bagover, hyler uden at se på ham, kalder ham en forbandet bedrager.

Han ser ned, famler efter ord.

– Det var et uheld, Kristin.

– Et uheld! Helt af sig selv dukkede der tilfældigvis en anden op? Mens jeg var lille! Som du bare måtte ha' en unge med?

Hun hulker, mens hun sætter sig på træstolen med malerpletterne.

– Hvem ellers kender til det?

Hendes stemme er mørkere, og ordene kommer langsomt ud af hendes mund.

– Ingen, Kristin. Det lover jeg.

– Det er lige meget. Jeg skal væk herfra, før hele byen ved om det.

Det var ikke en engangsforestilling, havde moren bekræftet, før Tor fik lejlighed til at pynte på sandheden. Den anden kvinde havde forgiftet deres liv i lang tid, han havde løjet for dem i årevis. Og så en gøgeunge på toppen af det hele, en blodsugende, påtrængende parasit, som nu kom og stillede krav! Kristins stemme har fået ny kraft, ordene strømmer ud af hende igen, højt og hvinende. Det nøgne og halvfærdige rum kaster lydene frem og tilbage mellem væggene, de skingrer i hans ører, hun får kvalme bare ved tanken, hun får brækfornemmelser over ham. Det flimrer for hans øjne. Kræfterne forsvinder ud af benene. Tor tager et skridt til siden og griber fat i vindueshåndtaget.

Han bøjer sig let forover og støtter underarmen i vindueskarmen. Gulvet bølger under ham.

– Det var ikke så nemt for mig.

Han hører knapt sig selv og gisper for at få kontrol over stemmen.

– Jeg måtte stå for det hele, det var stressende, vi manglede altid noget. Mor gik bare der med jer, haven og hundene.

Hans øjenkrog signalerer en sagte bevægelse ved indgangsdøren. Hans ben mister den sidste rest af styrke, han er bange for at falde.

– Hør på ham!

Erna træder et skridt ind i rummet og læner sig op ad karmen, hvor der snart skal sættes en dør op mellem gangen og dagligstuen. De to kvinder sender ham borende blikke. Svigersønnen står med armene i siden med ryggen mod en nyspartlet væg. Han kigger ned.

Kristin er ikke færdig.

– Er hun en arving? Er hun?

– Altså, hun ...

– Åh, gud! Kan hun komme her og kræve penge af os?

– Ja, det har jeg sagt til ham mange gange, kommer det skarpt fra Erna.

– Det han har gjort, er egentlig at stjæle fra jer.

Det triumferende blik, som om hun nyder den kvælende ydmygelse han gennemgår, giver ham lyst til at storme hen til hende, lægge hænderne om halsen og ryste hendes kaglende hoved til tavshed. Det hånlige kropssprog, der gløder af hævntørst, gør ham næsten bange. Det er, som om hun i årevis har ventet på chancen for at gøre gengæld, klæde ham nøgen og piske ham. Løftet om, at det aldrig skulle komme ud, friheden hun forsynede sig med i rigelige mængder i bytte mod at holde tæt, ser ikke længere ud til at betyde noget. Alt det han gav hende for at forsone sig med det, der ikke kunne forandres, er uden værdi. Balancen er væk. De har kautioneret for hinandens skyld. For det utålelige, det utilladelige. Nu kommer hun ham i forkøbet og vinder kapløbet, før han overhovedet har fået sat foden på startblokken.

Jørgen går tavs ind i det, der skal blive til et soveværelse, Tor følger efter. Hans svigersøn folder papkasser fra laminatpakkerne, mens Tor står stille og ser på. Han hører Kristin og Erna skynde sig ud og ned ad trappen med trodsige skridt.

Klokken er en time over midnat, da han forlader Bygården alene.

KAPITEL 19

"Undskyld! Har du lyst til at komme? A"

Una mærker en pressen for brystet. Hun skynder sig hen mod udgangsdøren, som smækker i bag hende. Hun går hurtigt ned ad trapperne, løber på rystende ben op ad gaden og til højre forbi Joker-butikken. Pludselig kommer hun på, at hun har glemt telefon, jakke og nøgler. Det prikker i øjnene, en rød bil standser brat, idet hun i blinde krydser vejen. Hun haster videre forbi parken og den gamle biografsal, indtil hun når den lave blok og pressere hele håndfladen mod den øverste ringeklokke. Smagen af blod stiger fra halsen og op i munden. En nøgle svæver gennem luften og falder ned i en vandpyt på jorden, hun klarer ikke at gribe den. Hænderne ryster, da hun låser op.

Angie trækker hende tæt ind til sig i sofaen og lægger en blå pude i skødet. Una får lov til at lægge sit hoved på den.

– Det var ikke min mening at være så hård, Una, jeg er bare bekymret for, hvad der sker med dig. Og jeg er holdt op med at bruge snus igen, så bliver jeg jo lidt grov i kæften.

Venindens stemme er blid, og Una mærker en varm hånd stryge hende over håret.

– Du havde ret! Små, rystende gisp kvæler de ord, hun prøver at få ud.

– Det er nu ikke så sikkert. De får nok lidt af et chok først, og så skifter de måske mening.

– Aldrig i livet.

– Una da.

– Jeg har ødelagt alt.

Hun drejer hovedet og begraver ansigtet i puden, som Angie har liggende i sit skød.

– Vil du ha' en øl?

– Skulle du ikke ha' været på arbejde?

Angie vipper hende forsigtigt væk fra skødet.

– Jeg afspadserer, siger Angie og laver anførselstegn i luften.

– Vi trænger til en øl. Una, jeg er ked af det tidligere. Jeg forstår bare ikke, hvorfor det er så vigtigt for dig, du har virket helt fjern det sidste år. Du har så mange mennesker, der holder af dig. De er jo helt fremmede væsener for dig.

– Det er min familie, for fanden.

– Slægtninge, måske. Ikke familie.

Angie koncentrerer sig igen, rusker hende i håret.

– Nu slapper vi lidt af. Det er kun den ene, som har svaret. Var det den yngste?

– Det vil jeg tro.

– Two to go. Hvem ved, måske kan de to andre ikke li' hende?

Una kan ikke klare den spøgefulde tone.

– De er søskende, Angie! Selvfølgelig står de sammen. Det er lige meget, hvem af dem der svarer. Jeg har ødelagt enhver chance for at komme tæt på ham nu.

– Så kunne han ha' bekymret sig lidt mere om dig.

– Hold nu op! Jeg er sikker på, det er svært for ham. Hvis det ikke var det, kunne jeg ha' besøgt ham, lige siden jeg var barn. Nu er det hele noget rod.

Una rejser sig og går hen over gulvet, men hun når ikke langt, før en overvældende følelse af skam tvinger hende ned på knæ. Hun sætter sig på hug med hænderne over hovedet. Angie sætter sig ved siden af hende på gulvet med benene over kors og stryger sin hånd over hendes ryg.

– Jeg ved ikke, hvad jeg skal gøre for at hjælpe dig.

Hun sukker og sender Una et medlidende blik.

Una læner sin krop mod Angie og krammer hende hårdt. Hun mærker tårerne mod venindens hals. Hun snøfter, føler sig dum.

– Sæt dig op og drik din øl.

Angie klapper hende på skulderen.

– Kan jeg blive her til i morgen? Kan jeg låne et par trusser og en jakke?

Angie nikker med et smil om munden.

Una har lyst til at spørge Angie, om hun må låne computeren og tjekke Messenger, men lader være.

Næste morgen vågner Una på madrassen på gulvet, lagenet ligger i en klump i fodenden, og hun er klam af nattens nærkontakt med skumplast. Hun må skynde sig.

7-vagten er den bedste, der er meget at gøre, dagen er inddelt i faste og velkendte dele, og hun kan gå tidligt hjem. Hjem og søge artikler på nettet, læse kommentarer på Face om, hvad han netop har gjort, hvor han er på vej hen, hvad folk siger om ham og til ham. Læse brudstykker af livsvisdom og se videoklip, som han opdaterer sin status med. Hun kan hele hans omtale på Taleeksperten udenad.

Så snart hun er færdig på arbejdet, tager hun bussen til Spurvevejen. Døren står åben, Una går ind, dramatisk symfonimusik larmer helt ud i gangen. Moren opdager ikke, at datteren er der, før hun står ved siden af hende i køkkenet.

– Una, sikke en overraskelse! Jeg skulle lige til at hænge de forderkugler op, du gav mig til min fødselsdag, de er så fine!

Moren lægger forsigtigt fra sig de to glaskugler til fuglefoder, og krammer Una med et udtryk af både glæde og bekymring i ansigtet. Hun går hen til forstærkeren og skruer ned for lyden.

– Jeg kunne ikke ringe, telefonen er låst inde.

Una åbner nøgleskabet i aluminium og fisker sin reservenøgle frem.

De har ikke set hinanden, siden hun afleverede Balder den smertefulde eftermiddag med æblekagen. Hun må ind, få det overstået, vise moren at hun er til tilgængelig igen. Hun er fireogtyve, men føler sig som en fjortenårig igen, da hun forsøger sig med en let hilsen.

Den uventede gæst kom akkurat tidsnok til at få middag, moren forsikrer, at hun har mere end nok. Una putter små portioner i munden. Moren lægger bestikket fra sig og ser på hende.

– Una, jeg ved, at vi tænker på det samme.

Stemmen vibrerer, men hun fortsætter.

– Jeg er ked af det, der skete sidst.

– Er du ikke ligeglad?

Una forsøger at holde den fjortenårige væk, men trodsigheden strømmer ud af hende. Hendes egne sårende ord fra sidst er svære at erkende, hun gemmer det bag en grimasse af ligegyldighed.

Det virker som om moren har besluttet sig. Når hun taler, er det med en nølende stemme, med ord som Una fornemmer, hun har øvet sig på at sige.

– Tor var glad for dig på sin egen facon. Og han forsøgte at være en far for dig.

– Forsøgte?

– Nogle gange gør vi dumme ting. At du kom til verden, er den største lykke i mit liv. Men det betød jo problemer for Tor og for den familie, han havde fra før.

– Kunne han da ikke bare ha' skilt sig og været sammen med os, da det først var sket?

– Det kunne han ikke, og det ville jeg heller ikke ha' ønsket.

Una ser mod moren med smalle øjne og ryster langsomt på hovedet.

– Så du gav ham aldrig en chance.

Følelsen fra sidste gang de var sammen, vælder op i hende. Hun kan ikke holde det ud, det må ikke blive sådan her, hun kigger ned, mærker blodårerne på sin højre hånd, forsøger at tage sig sammen igen.

– Jeg forsøger ikke at forsvare mig selv. Men nogle gange viser det sig, at de mennesker, man tror man kender, er anderledes, når man lærer dem nærmere at kende. Tor og jeg forsøgte hver især at være forældre på den måde, vi kunne.

Moren tøver lidt, før hun fortsætter:

– Jeg er klar over, at du er i færd med at opsøge ham, jeg er ikke dum. Jeg kan ikke stoppe dig, men jeg kan advare dig.

– Du prøver at sværte ham til.

– Jeg beder dig bare om at passe på dig selv, hvis du går ind i det her.

– Kan du ikke bare fortælle mig, hvad der er galt?

– Tor er ... han har ... et særligt syn på verden. Og på sig selv. Jeg ved ikke, hvor meget han kan tåle.

– Hvad mener du?

Moren rejser sig, tager tallerkenerne af bordet og spørger, om Una vil have sveskekompot. Una går over til Balder, som ligger på gulvet. Han logrer svagt med halen, da han ser hende komme mod sig. Hun klør ham hurtigt under hagen.

– Nej tak, jeg må hjem.

Entréen, som virkede stor og rummelig, da faren bøjede sig ned mod hende med kold jakke og gave i hænderne, er nu trang og mørk. Moren lægger hånden på hendes underarm, idet hun er på vej ud ad døren.

– Vær forsigtig, Una.

KAPITEL 20

Søvnen svigter hende, og hun kan ikke at holde styr på dagene. Er det synligt for andre, kaosset der rumsterer inden i hende? Hun koncentrerer sig om at holde skuldrene nede og bevare et afslappet udtryk i ansigtet. Inde i vagtstuen hænger der portrætter af alle de ansatte, hun kan næsten ikke genkende det glade og åbne udtryk i sit eget ansigt.

Vagtværelset er hvidmalet og slidt med fingeraftryk på vinduet i døren ud mod gangen. Lidt skævt, i en klipsramme fra IKEA, hænger den værdiplakat, de har vedtaget på klinikken, ord for ord under hinanden, med løsningsord som i en gåde.

Medarbejderskab
Omtanke
Deling
Integritet
Glæde

Kollegerne ser ikke ud til at bemærke hendes uro, i al fald spørger de ikke. De er mest optaget af, at en af dem lige er blevet bedstemor. Una hører deres stemmer som en summende fluesværm. Det føles, som om hun trækker vejret gennem et sugerør.

Lugten af spejlæg og varm chokolade hænger ved efter aftensmåltidet. De raskeste patienter får lov til at være med til at tilberede dette højdepunkt midt i ugen. Una har afsluttet aftenrutinen i medicinrummet og går ud på gangen med rolige skridt for at bevare koncentrationen. Hun banker blidt på Lenas dør, før hun forsigtigt skubber håndtaget ned og kigger ind.

Lena går i ring på gulvet og taler usammenhængende til nogen, som ikke er i rummet. Gudelige og truende udtryk kommer ud af hendes mund, som om hun formaner sig selv. Om engle og dæmoner, om frelse, straf og fortabelse. Una spørger, hvordan det går, men den unge kvinde lader ikke til at høre hende.

– Det er tid til medicin, Lena.

Una tager et skridt ind i rummet.

– Satan ser dig.

Et stænk af sympati for den skrækslagne kvinde synker ned i Unas bryst.

– Skal jeg sætte mig lidt ned her, spørger hun og nikker mod stolen. Det urolige væsen foran hende svarer ikke, hun fortsætter med at gå rundt i den lille, trygge cirkel, hun har skabt sig.

Unas vagt er snart ovre, men hun er på igen tidligt næste morgen. Hun er allerede bange for, at hun ikke vil kunne sove, når hun kommer hjem. Den overvældende følelse af skam efter den besked, hun sendte til sine søskende, har taget kontrollen over hende. Hun er som i en døs, som om hun har meldt sig ud af sin egen tilværelse. Hun husker knapt nok, hvad der bliver sagt i rapporterne, må notere sig ting, som hun plejer at tage på rutinen. Heldigvis er der ikke meget nyt med Lena, hun kan håndtere hende vanemæssigt.

– Vil du ta' medicinen nu, eller skal jeg komme tilbage om lidt?

Lena stopper op, ser i hendes retning, men forbi, svarer ikke. På natbordet ligger en rulle tegnepapir.

– Jeg kommer ind igen, når jeg har gået min runde, Lena.

– Satan være med dig.

Una ruller medicinvognen længere ned ad gangen. De andre patienter tager imod deres doser, og nogle af dem er allerede krøbet under dynen. Det bliver nok roligt for nattevagten.

Hun banker forsigtigt på Lenas dør igen. Uden at se på hende tager patienten imod vandet og det lille medicinbæger, putter pillerne i munden, bøjer hovedet rutineret bagover og synker. Idet tabletterne triller ud af bægeret, får Una et kort glimt af indholdet.

Gult og rødt. Ikke hvidt.

Pulsen banker højt oppe i halsen. Una ser ned på navnene på den tomme plastikbakke med kvadratiske kanter omkring hvert navn. Ingunn, Samir, Ove, Charlotte, Lars, Lena.

Lars. Lena.

Una går skælvende ud af rummet.

Hun forsøger at virke afslappet under afrapporteringen til nattevagten. Får lov til at gå fem minutter før tid, fordi der har været så stille, takker, og skynder sig mod døren.

– Ha' en fin vagt!

– Tak, sov godt, snakkes i morgen!

Knæene bærer hende med nød og næppe ned ad trapperne.

De sidste timer inden den tidlige vagt ligger hun lysvågen. Hun kan næsten ikke vente med at komme tilbage på arbejde for at genvinde kontrollen efter den utilgivelige fejl. Samtidig skulle hun ønske, at hun aldrig behøvede at sætte sine ben på klinikken igen. Hun ved ikke, hvor meget hun har sovet, om hun har sovet, det føles ikke sådan. Er for træt til at cykle, bange for at havne i grøften, tager bussen, skal være der til tiden.

Jo nærmere hun kommer klinikken, jo mere tør bliver hun i munden. Hun synker hårdt, før hun taster koden og åbner døren til afdelingen.

– Meget urolig første halvdel af natten, mange stemmer. Afviste tilbuddet om bælteseng. Er nu faldet til ro, citerer nattevagten fra sine notater om Lena.

Lars på sin side har sovet usædvanligt tungt og sover stadig.

Una sniger sig ind ad Lenas dør, så snart afrapporteringen er overstået. Der er helt stille i rummet. Den tidlige morgensol lader lys slippe ind gennem gardinerne, og et stort stykke papir på væggen fanger hendes blik. Det var der ikke i går.

I JESU NAVN
HOLD KÆFT

Lenas lange, mørke krøller stikker lidt frem under dynen. Una flytter lidt på dynen og holder hånden op foran hendes næse. Lenas varme åndedræt er jævnt og roligt. Una sætter sig på stolen ved siden af sengen og holder hovedet mellem hænderne.

– Undskyld, kære Lena. Undskyld.

KAPITEL 21

Una føler ingen sult, glemmer hvad hun laver, og er hele tiden bange for at begå fejl igen. Der er gået ni dage, siden hun sendte beskeden til sine søskende. Det svar, hun fik fra Kristin, skriger til hende, uanset hvad hun er i gang med. Hun er nødt til at tjekke alt igen og igen for at være sikker på, hvad hun gør. Går tilbage og læser i rapporten, skriver lapper til sig selv. Mister dem, skriver nye.

Udmattet efter den tidlige vagt orker hun ikke andet end at smøre et par skiver brød, og hun tænker, at hendes mor nok har ret i, at hun har brug for hjælp til at tage vare på sig selv. Hun har stadig ikke hængt noget nyt op på væggen efter forlovelsesbilledet. Alle møbler står, som de altid har gjort, i den lille toværelses med æggeskalshvide, kedsommelige vægge.

Det er ikke ommøblering, jeg har brug for, tænker hun. Jeg har brug for en familie.

Fra køkkenhjørnet hører hun telefonen plinge i stuen.

Hej
Tak for beskeden

Hun læser det igen. Og en gang til. Med ryggen mod væggen sætter hun sig på hug og lægger hovedet mellem knæene.

Han har svaret. Broren.

Hun har en bror, og han har sagt måske.

Beskeden er sendt direkte til hende, og ikke som et svar på den besked, hun sendte til alle tre.

Han kan se, at hun har læst den. Hvad skal hun sige?

Han må ikke blive skræmt væk. Hun må gå ud, tænke, ikke svare ham med det samme.

Hun springer hele vejen til Spurvevejen, bussen passerer hende mellem to stoppesteder. Der er stille omkring rækkehusene, hun tripper op ad de fem trin og låser sig ind. Balder logrer, da han ser hende. Den tykke pels i nakken er filtret sammen til en lille klump; hun burde børste ham. I stedet tager hun en halvfyldt pakke kiks fra køkkenbordet og putter en bid i munden, før hun tager pakken i lommen.

Hunden er for længst holdt op med vimse rundt om hendes ben, når hun tager halsbåndet frem. Han løfter dovent fødderne, når han går.

– Tænk, at jeg fik dig, fordi han forsvandt, Balder. Sikke heldig jeg var. Men nu har jeg næsten snakket med min bror. Måske møder jeg ham. Måske kan han sætte mig i kontakt med min far?

Hunden stopper og strinter op ad en bænk. Hun ser sig forsigtigt omkring.

– Men hvad nu hvis han bare vil kompensere for den vrede besked fra lillesøsteren? Han mener sikkert ikke noget med det, han skriver jo bare måske. Det betyder vel egentlig, at han ikke har lyst.

Hun sætter sig på en grå og krakeleret mur, Balder kigger på hende med tungen hængende slapt ud af munden. Hun tager en kiks frem af pakken og løfter armen. Hunden gaber op og griber godbidden, mens den falder gennem luften.

– Og han svarede jo ikke, så søstrene så det. Han er nok en kujon, vil bare undgå ballade, men stadig være lidt flink mod mig. Er det dét, han mener med måske, Balder?

Da hun kommer tilbage til huset, er moren kommet hjem. Balder går hen til madskålen.

– Er du okay, Una?

Moren gransker hende med blikket. Una orker ikke igen at åbne op for det uhåndterlige.

– Det går fint. Balder går langsomt for tiden.

Hun kan ikke at se for sig, at hunden ikke kan leve meget længere. Han må blive i huset, selv om det var planen, at Una og Erlend skulle have ham. Det er for sent at tage ham med til et nyt hjem, og nu hvor hun er alene, har hun alligevel ikke råd til en større lejlighed.

– Jeg er nødt til at gå nu. Hun giver sin mor et hurtigt kram uden at møde hendes blik.

Inden hun får taget sine sko af hjemme hos sig selv, tager hun telefonen frem og læser beskeden fra broren. Begynder på et svar. Streger det ud.

Han har sagt måske.

Det var sandsynligvis en afvisning.

Den anden søster har ikke svaret.

Hun tager laptoppen på skødet. Som sædvanlig har den tre faner åbne i browseren, som hun hurtigt kan skifte imellem, når hun føler, at hun er ved at komme for tæt på, når hun er på det sted, hvor hun ved, at hun altid kan finde faren. Hans hyppige statusopdateringer virker som magneter på hende, men nogle gange banker det så hårdt i brystet, at hun er nødt til at klikke væk.

Det, at hun ikke klarede at give sig til kende for ham i Forsamlingshuset, er måske godt det samme. Nu bygger hun sig op. Videoerne, billedstrømmen på Facebook, hun kender hver bevægelse, hver pause i hans monologer, pauser til eftertanke for seeren, han vil give publikum mulighed for at tænke selv. Hun skal øve sig på at være der, hvor han er, men alligevel på afstand. Indtil tiden er moden, så hun klarer det. Den dag, hvor hun skal stille sig foran ham, fange hans blik, fastholde det, indtil hun ser, at han begynder at undre sig, huske, tænke tilbage, lægge to og to sammen, og så åbne armene og tage imod hende. Og så vil hun spørge: Hvorfor kom du ikke mere?

Dukkehuset stod nærmest på udstilling de første par år. På et tidspunkt indså hun, at hun både var for stor til at have det på værelset, og at det mindede hende for meget om at være blevet forladt. Hun fik det pludselig dårligt bare af at se på det og fik moren til at give det væk. Bagefter fik hun dårlig samvittighed, og da hun var gået i seng, kom frygten for hvad han ville sige, hvis han pludselig kom tilbage og så, at huset ikke var der.

Hun genlæser gamle statusopdateringer på hans profil, studerer de kommentarer, der er blevet tilføjet siden sidst. Lovprisninger af hans kloge ord, da han var så tæt på hende. Smilefjæs, latterfjæs og hjerter. Hun klikker igen på det opslag, hun opdagede for et par dage siden, hvor en farverig buket blomster fylder hele billedet. "Bryllupsdag! Tænk, 33 år, og vi finder stadig nye farvekridt i ægteskuffen! #torogerna". Halen af kommentarer og smileys er blevet længere, siden hun sidst tjekkede. Beskeden om mærkedagen viser også et billede af de to. I inspirerer! jubler en midaldrende kvinde i kommentarfeltet.

Hvad var det, han sagde om sig selv og konen under foredraget? Noget om, at han og InspirErna har bestemt sig for, at de hver eneste dag skal gøre noget nyt sammen, stort eller småt.

Det kan være noget så crazy som at spise morgenmad i vaskerummet. At gøre turen til lossepladsen til en romantisk rejse. At bytte roller, når noget skal ordnes i eller omkring hjemmet, eller at gøre ting som de faktisk ikke er gode til. Se det store i det små, værdsætte hverdagen med alle dens farver og nuancer. Noget i den retning var det, han sagde. Una havde set, at publikum nikkede anerkendende, smilede og tog noter.

Hendes hånd skælver, idet hun klikker sig ind på #torogerna. Fem-seks billeder dukker op på skærmen. De to. Og på nogle af billederne, de tre andre. Hjertet slår pludselig i utakt. Hun skynder sig at lukke computeren. Hun er gået for langt, for hurtigt.

To søskende har reageret. Kun den ene af dem tåler, at hun eksisterer.

Hun må være faldet i søvn, hun ved ikke hvor længe, vågner med laptoppen åben på maven. Bag øjenlåget hænger der et billede fra fortællingen, hun tog med sig ind i søvnen, morens historie om, hvorfor Orion forfulgte de syv søstre. Han var rasende over, at de grinede ad ham, da han snublede over en af sine hunde, mens han jagtede Taurus, og faldt med et brag. Han var så arrig over at blive ydmyget, at han slog hul i taget på huset, hvor Plejaderne gemte sig.

Hej, Karl.
Tak, fordi du svarede
Du har sikkert ret i, at det er svært at have kontakt
Beklager hvis det var ubehageligt for dig

Hun lægger sig ned igen og stirrer op i loftet, som bliver et lærred, hvor hans familiefilm flimrer. Hvor de smiler, hvor de er sammen, hvor hun mangler i hver eneste scene. Una den usynlige, den syvende plejade, som forsvinder på nattehimlen, knapt synlig på en klar aften, æ-bæ.

Hun kniber øjnene sammen.

Nu har hun gjort sig tilgængelig for broren igen, men med forsigtighed. Hun må tænke sig godt om. Hvor ihærdig ville hun have været, hvis ikke Angie havde kastet koldt vand i hovedet på hende? Måske var det godt, at veninden reagerede, som hun gjorde. Måske er det også det, søstre er til for. Una havde bare troet, at det ville være anderledes.

Fortryder hun den første besked, hun sendte? Tankerne kører i ring.

Hvis hun ikke havde gjort det, ville hun have fortrudt det resten af livet, uanset hvordan det går nu. Ja, sådan skal det være. Det skal ikke gøres om, hun har allerede levet med savn og afvisning så længe, hvad fanden betyder det, om de kender til hende nu. Han har kun godt af det, de andre har kun godt af det, også moren.

Nu vil hun skide på, hvad hendes søskende vil mene eller tro. De har haft ham hele livet. Men hun vil ikke såre faren. Har hun gjort det nu? En velkendt uro smyger sig om hendes krop. Frygten for at han skulle gå, for at der var lang tid til næste gang. Bekymringen for at han skulle blive ked af det, når hans tykke fingre ligesom-legede i dukkehuset uden at få det til. Una vrider sig for at takle ubehaget.

Hun læser beskeden, hun sendte, en gang til. Broren har stadig ikke set den.

K A P I T E L 2 2

Det længe ventede efterår har endelig meldt sin ankomst, men aftenerne med fred og ro, hun har længtes efter, er i stedet fyldt med lammende rastløshed. Hun spoler uroligt frem og tilbage på farens YouTube-videoer, han har fået en ny, svævende intro fra trætoppe til skovbund. Hun magter ikke at læse eller føre en kreativ dialog. På arbejdet falder hun ud af samtaler, når patienter spørger hende om noget under rapporten. Hun spørger den samme kollega to gange, hvad han skal lave i den kommende friweekend, og kan stadig ikke huske svaret umiddelbart efter.

Den anden søster svarede aldrig. Karl har været stille. Han var tydeligvis ligeglad med hende. Hun har ødelagt alt, Angie havde ret. Hun skulle aldrig være begyndt at rode med det her.

Telefonen kommer med et svagt pling.

Hej
det er vist længe siden
Håber du har det godt

Halsen snører sig sammen.

Hej, Karl!

Hun forbander sig selv over at hun svarede med det samme. Nu må hun vente. Tag det roligt. Hvad mere skal hun sige til ham? Tre prikker bevæger sig i samtalefeltet. Hun bliver tør i munden, synker igen og igen, trykker telefonen ned i sofaen med fronten vendt væk. Hun rejser sig og går frem og tilbage mens hun kigger ned på den aflange, dækselbeklædte forbindelse mellem hende og hendes bror.

Der kommer et nyt pling. Hun griber telefonen som var den en fisk, der er ved at falde af krogen. Hånden ryster og skælver, og fingeren, der trykker på skærmen for at åbne beskeden, er klam af sved.

Jeg har ikke kunnet skrive mere siden sidst
Det har været lidt hektisk her

På grund af mig?

Hvorfor klarer hun det ikke, hvorfor kan hun ikke holde hovedet koldt, når der er mest brug for det? Hun slukker for lyden, tåler ikke flere chok.

Nu vibrerer det.

Ja, eller det er jo ikke din skyld Men nogle familieting, ja

Undskyld

Vil bare sige, at jeg forstår dig
Det er bare lidt svært herfra, som sagt
Forresten kalder de mig Kalle

Kalle. Han hedder Kalle blandt venner og familie, og nu siger han det til hende.

OK, Kalle :)
Håber, du har det godt!

Jeg har det OK

Tror du vi kan skrive lidt sammen af og til?
Hvis ikke det bliver vanskeligt for dig, altså.

Det kan vi godt. Men skriv ikke til mine søstre

Nej, det gør jeg ikke

Han har det OK. Hvad betyder det? Hun må vente, holde igen, holde ham der, gøre sig tilgængelig uden at virke desperat. Hvad har han brug for nu, hvad vil han have fra hende?

Hun satser.

Skal jeg fortælle lidt om mig selv?

Ja, fortæl

Ingen af de ord, hun skriver nu, kan trækkes tilbage. De står der, de kan vises til andre, videresendes, kopieres, indgå i en skrøne, en god historie. Et meme mellem søskende.

Vil det, hun fortæller, blive brugt mod Tor? Vil de underholde hinanden med det i familien? Hende dér, som blev tilovers, parentesen i familiefortællingen.

Registreret, tjekket ud og så – en god joke? Eller har Kalle valgt hende, uden at de ved noget om det? Noget hægter sig fast i brystet igen, åler sig opad og vrider struben rundt.

Skriv ikke til mine søstre.

Broren tager imod hende i al hemmelighed på trods af deres modstand mod hende. Han tror på hende, på at hun findes, på at de er søskende. At de hører sammen. Angie har taget fejl!

Jeg er 24 år
sygeplejerske på en psykiatrisk klinik
Jeg har en mor og et gammelt gadekryds af en hund
Tørre data. Forsigtigt frem.

Hvad med dig?

Hun venter på, at dansende prikker skal flimre under det, hun har skrevet.

Der kommer ingen prikker. Ingen bogstaver.

At forlade samtalen midt i det hele, er der vel ingen der gør. Fisker han bare? Sidder søstrene bag hans skuldre og griner af hende?

Hun ligger lysvågen i flere nætter, sådan føles det i hvert fald, selv om hun farer sammen, når vækkeuret ringer.

KAPITEL 23

Tor har forsøgt i flere dage, men Kjersti besvarer ikke hans opkald. Den kolde afvisning er næsten værre end Kristins hysteri. Den lumske tavshed fra den ældste datter minder ham om den katastrofale sommeraften for længe siden. Billedet, Ernas skrig. Han har aldrig fundet ud af, hvor hun fandt det; han må for en sjælden gangs skyld have været uforsigtig. Alt arbejdet i de første to år med at slette spor, manøvrere væk fra spørgsmål, skjule kontoen med faste udtag. Alt var nytteløst fra den dag.

Hvis han havde fået lov at vælge om, ville det have været bedst, hvis han aldrig havde involveret sig med ungen. Omkostningerne efter afsløringen, prisen for at kunne fortsætte med de sporadiske visitter, var for høje. At afsone dom med Erna som arrestforvarer, alt det han havde måttet finde sig i, selv om det vendte sig i ham, var nu i færd med at blive nyttesløst. Hvis de vender ham ryggen nu, har det hele været forgæves.

Så er han alene igen.

Han hører lyde fra anden sal. Fodtrin, der går frem og tilbage, og som om noget bliver slæbt hen over gulvet. Han sukker og rejser sig fra lænestolen. Går langsomt op ad trappen, kaster et blik på det gamle flyfoto af Dalen, der hænger på væggen mellem etagerne. Dørene til børnenes tomme værelser står åbne, og inderst i loftsrummet er Erna ved at tage tøj ud af klædeskabet. En åben papkasse står ved siden af hende.

– Skal du ha' denne?

Erna holder en af hans gamle jakker op foran sig. Det er mange år siden, den har passet, både om livet og over skuldrene.

Hvad laver du?

Han kigger ud over gulvet, hvor hun har strøet en bunke tøj, meget af det hans, som har været gemt væk i skuffer og skabe.

– Du må holde styr på dine ting. Hun ser ikke på ham, mens hun taler.

Han samler en uldtrøje op fra gulvet, folder den omhyggeligt sammen og går hen mod klædeskabet.

– Jeg tager mig af mine egne ting, når det passer mig.

Han forsøger at bevare roen og tolke, hvad hun er i færd med.

Hun hænger bøjlen med den alt for lille jakke over stoleryggen.

– Du må under alle omstændigheder finde ud af, hvad du vil beholde, der skal en kæmpe oprydning til, før huset skal sælges. Hun bevæger sig hurtigt og hektisk mellem bunkerne af rod.

– Huset skal fandme ikke sælges.

– Så må du købe mig ud. Hun sætter armene i siden, og ser vredt på ham.

– Det er mig som skabt det her, det er min kapital, der er blevet brugt.

Han borer blikket ind i hende og holder det fast, indtil hun viger. Han fornemmer at have overtaget.

– Uden mig ville du ikke ha' haft alt dette. Alt det, jeg har opbygget i de sidste år, efter at jeg valgte at forlade de trygge rammer i mit job, er mit.

– Du blev fyret.

– Jeg indgik forlig med min arbejdsgiver!

Erna nyder at bringe ham ud af balance og tage kontrollen. Han placerer hænderne på trappegelænderet og fanger hendes blik igen. Nu holder hun sig ikke tilbage.

– Vi får se, hvad retten siger om, hvem der skal ha' hvad.

Hun holder en laksko i hans størrelse i hver hånd og skubber dem mod hans bryst. Han griber fat i skoene med underarmen.

– Hvor har du tænkt dig at ta' hen?

Han genkender knapt sin egen stemme. Afventer et nådesløst modangreb.

– Hvornår begyndte du at bekymre dig om, hvor jeg er?

– Erna, jeg har forsøgt at –

– Forsøgt hvad? Jeg ville ha' lagt lige så lidt mærke til dig, hvis vi havde boet hver for sig. Havde haft hver vores seng.

Er det nu også forkert? At de ikke har sex, er lige så meget hendes valg som hans. Det er ham, der ser hendes ryg det meste af tiden fra de lægger sig til de falder i søvn, ikke omvendt. Men det er mindre vigtigt end alle de ting, de har bygget op, og som ikke må blive ødelagt! Tværtimod er det balancen, der betyder noget. At de står sammen om produktet, om det der skal fortælles. Og om det, der aldrig skal fortælles.

Styrken i fingrene forsvinder, og lakskoene glider ud af hænderne og ned på gulvet. Hun vinder ikke ved at gå nu. Kan ikke melde sig ud af den tilværelse, de har skabt. Familiens kosmos. Erna har været med til at forme det. De har ikke brug for andet. I familien holder man sig til det, man har bestemt sig for, familien deler samme virkelighed. Erna er bare overmodig lige nu, hun tror, hun har de andre med sig. Han må få genoprettet balancen.

Tor sætter sig på stolen og mærker bøjlen mod ryggen. Nye bagholdsangreb kan komme når som helst. Hun kan komme ham i forkøbet, afsløre hemmeligheden, ydmyge ham og vinde sympati for sig selv. Folk i centerbingoen og i hundeforeningen skal underholdes med den ulykke, han var offer for, det tab han har lidt, ved at sandheden kom frem.

Er der nogen der vil sige, hvad sagde jeg? Vil de sige, jeg vidste det? Han har aldrig været sikker på, hvem af forældrene til børnenes klassekammerater der kunne have vidst noget om ungen. Haft en mistanke.

Han ser over på Erna, som er i gang med at samle flere flyttekasser. Han tæller mindst ti og forestiller sig, hvad hun kan tænkes at tage med sig, hvis ikke hun indser sit eget bedste.

– Det, vi har haft sammen, må være af større værdi end det her, Erna.

Han gør sin stemme blid. En ny vinkel, en appel, en påmindelse om, hvad de kan opnå sammen.

– Vi har altid været et godt team. Hvorfor sætter vi os ikke ned sammen og taler med Kristin og Kjersti?

De har altid klaret det tidligere. At manøvrere sig ud af udfordrende omstændigheder, undgå mulige møder med sandheden, holde sig flydende i overfladen, hvor de lumske understrømme lurer.

– Jeg har sagt min mening til dem. Det er ikke mig, der har et problem.

Hun ser triumferende på ham og slæber en halvfuld papkasse hen over gulvet mod trappen. Han rejser sig op. Hans knæ giver næsten efter. Han hører en vedvarende, skinger lyd, og det tager et par sekunder, før det går op for ham, at lyden kommer inde fra hans hoved. Frygten rammer ham i maven. Erna har fået færten af magt, og viger ikke fra sporet. Nu er det hende, der styrer fortællingen og trækker børnene ind i en virkelighed skabt i hendes billede.

Han kan næsten ikke forestille sig, at hun vil klare det.

Nej. Ungerne har altid troet på ham, set op til ham. Og nu, som voksne, forstået fordelen ved et familiemedlemskab.

Bortset fra Karl, han er ikke længere en af dem, selv om han af og til kommer forbi på korte besøg. Drengen vækker bare ubehag i ham. Som en fremmed, han ikke kan stole på, med et liv, han ikke har lyst til at vide noget om.

Tor stønner ved tanken om den kvalmende scene, han ufrivilligt var vidne til, sønnens vidåbne blik. Det har brændt sig fast i hukommelsen, selv om der er gået tyve år.

– Visse ting, råber han efter Erna, som er på vej ned ad trappen.

– Visse ting er heller ikke gode for dig, hvis de skulle slippe ud.

KAPITEL 24

Jo kortere tid bussen har igen til Dalen, jo tydeligere ser Una det for sig: Kalle står der med et stort smil og betragter hende med hovedet lidt på skrå, mens han lægger en hånd på hver af hendes skuldre. Han siger, at han kan se, at de ligner hinanden. Så siger han tænk, at han har en søster mere! De griner lidt, giver hinanden nok et kram, måske med tårer i øjnene. Så går de på café og snakker sammen uafbrudt med opmærksomme ansigtsudtryk, som et nyforelsket par.

Bussen ankommer præcist til endestationen, vender i rundkørslen ved indkøbscentret og standser ved stoppestedet. Una ser ham gennem vinduet. Broren er let at genkende fra billederne på Facebook – det mørke, tykke hår, en fremtrædende næse og de let tætsiddende øjne. Han er slank og står med hænderne i jakkelommerne og benene tæt sammen. Han læner sig op ad gelænderet ved stoppestedets kørestolsrampe og stirrer tomt ud i luften.

– Hej, det er mig, som er Una.

Deres hænder mødes i et håndtryk, og Una synes, det føles som at klemme på en fugtig svamp.

De stirrer på hinanden, før han vender blikket bort.

– God bustur?

Skuffelsen rammer hende i maven. Sikke en tåbelig idé. De første par sekunder er allerede ødelagt, det ser ud, som om han er tvangsudsendt til mødestedet. Hans undskyldning for den første afbrudte Messenger-samtale, den varme tone, da han genoptog kontakten, og de aftalte at mødes, nu virker det som om det ikke er sket.

Det var ikke sådan, det skulle være. De skulle mødes med glæde og interesse. Folk, der så dem, skulle tænke, at dette er et bånd, kærlighed, disse to har ikke set hinanden i lang tid. De ligner hinanden, de må være søskende med meget til fælles. Måske med forældre, der er ved at være oppe i årene, som i hvert fald har brug for lidt selskab, som de deler omsorgen for. De er søskende, som uden fordomme kender hinandens svagheder og tidligere fejltrin. De fortæller hinanden historier fra barndommen og er overraskede over, at den anden ikke husker alle hændelserne, eller i hvert fald ikke på samme måde. Han er storebror og minder hende om alle de gange, han har beskyttet hende, som hun ikke selv kan huske.

Tilskuerne tror måske, at de fortæller hinanden om deres seneste kærlighed eller den seneste hjertesorg, siden de ikke har set hinanden i et stykke tid. Eller måske at de mødes for at planlægge en overraskelsesfest for den forælder, der snart har fødselsdag, måske en rund fødselsdag. Sammen har de sikkert meget at takke deres forældre for, tænker publikum omkring cafébordene – alle turene og ferierne, da de var små, tålmodigheden med lektiearbejdet, hjælpen med at lære at binde snørebånd, cykle, svømme. Alle de gange, de havde venner med hjem og rodede i stuen, på værelset. Vennerne kunne impulsivt overnatte, hvis de havde lyst, intet var til besvær, så længe børnene havde det sjovt sammen. Alt det skulle forældrene høre om i den fælles tale, som bror og søster ville holde – lidt sentimentalt, men med en humoristisk og lidt drillende tone, som forældrene og resten af familien godt kunne lide.

Det er nok en rigtig krammefamilie, ville folk tænke.

Hun mærker et stik i brystet.

– Turen gik fint, lidt træt af at sidde stille, siger hun med et prøvende smil.

Han kigger væk. Hånden, der lige har mødt hendes i en høflig hilsen, hænger slapt ned. Han nikker i retning af caféen over for stoppestedet.

Der lugter af labskovs og fiskefilet, og folk omkring dem har indkøbsposer parkeret ved fødderne under bordet. De fleste er ældre, med undtagelse af en gruppe unge mødre med småbørn på skødet for enden af lokalet. Han går over til disken og kommer tilbage med to krus. Sort i begge. De kan begge lide sort kaffe. Første lighed, tænker Una.

– Det er næsten sådan lidt søskende-Tinderagtigt, siger hun nervøst og fortryder med det samme. Hun ved ikke engang, hvilken slags humor han har.

Hun prøver at fokusere, læse hans kropssprog, falde til ro. Hun læner sig tilbage i stolen. Det er vel ikke bare hendes ansvar at holde samtalen i gang, han ville jo trods alt møde hende.

Jeg ved ikke helt, hvad jeg skal sige. Det er mærkeligt, at du findes. Jeg synes, vi ligner hinanden lidt. Måske noget med hagen, siger han og trækker skuldrene op mod ørene et kort sekund.

Han nærmer sig hende, han tror på hende, han ser noget af sig selv i det væsen, han har mødt. Men det han siger, er ikke særlig dybsindigt. Er det mere varme, større ord, en mere rørende stemning, hun savner? Hun ser ned i kaffekruset og løfter det op til munden med begge hænder.

Folk omkring dem lader til at være ligeglade med, at der finder et skælsættende møde sted lige foran dem.

Han har sikkert brug for tid.

Den åbenbaring hun har længtes efter, følelsen af forbindelse, brikker der falder på plads, en naturlig refleks med at læne hovedet mod hans overkrop, fornemmer hun ikke. Vægten af en arm om hendes skuldrer, der signalerer støtte og trøst, uanset hvor fjollet hun er, smilet over lillesøsterens banaliteter – intet sker, af det hun har drømt om.

Der sidder en ukendt mand foran hende og leder efter noget at snakke om. Han er ikke mere selvsikker, end hun er. Hun kan umuligt være svagere end ham.

Hun er stadig alene.

Der er et eller andet smerteligt ved hans blik. Hun finder ikke ud af hvad, han kigger væk, hvis hendes øjne dvæler for længe ved ham.

– Var det forkert af mig at kontakte dig?

Han kigger ud gennem vinduet, der kommer intet svar. Hun prøver igen.

– Måske skal vi hellere mødes en anden gang. Vil bare sige, at det var fint for mig at se dig.

– Åh, nej – det er helt ok! Jeg er bare lidt forvirret. Jeg prøver at finde ud af, hvornår du blev født, og hvad jeg foretog mig på det tidspunkt.

– Skal vi gå en tur, før jeg tager bussen tilbage?

De tager jakkerne på. Han bevæger sig foroverbøjet. Luften er klar, solen står lavt.

De går ikke ind til centrum, men følger en smal vej for cyklister og fodgængere. Vejen fører til rådhuset, skolen og børnehaven, ser hun på skiltene, da de begynder at gå. Hun tæller sine skridt for sig selv, ti ad gangen. Hun må holde sig lidt tilbage, ikke starte samtalen, lade det være op til ham.

Stilheden mellem dem gør efterårskulden mere mærkbar. Hun ser op, han er i det mindste højere end hende.

Hun tager chancen.

– Jeg vidste ikke, at jeg havde søskende, før jeg var omkring ti år. Tor besøgte os af og til indtil jeg var otte. I et stykke tid troede jeg, at hvis jeg gjorde dumme ting, ville der gå længere tid, før jeg så ham igen, for jeg vidste aldrig, hvornår han ville komme næste gang. Mor sagde bare vent og se. Og til sidst holdt han op med at komme.

Kalle kigger stadig lige frem, hun tæller skridtene igen, syv, otte, ni, stadig stilhed.

– Så læste jeg i et ugeblad, som min mor havde, om en kvinde, der fortalte, at faren til hendes søn levede en slags dobbeltliv med en anden familie. Så spurgte jeg mor, om far også gjorde det.

– Okay?

– Så sagde hun, at det var sandt. At I fandtes. Jeg kunne ikke forestille mig, hvordan det var. Jeg ville have spurgt ham, men han kom ikke mere.

– Det var vel for at undgå for meget bøvl, siger han og virker uengageret.

– Jeg synes nu, at det var ret specielt, siger Una lidt for skarpt og lyder næsten som Angie.

Han siger ikke noget. Hun får lyst til at ruske i ham, mærke modstand.

– Ville du ikke gerne ha' vidst, at du havde en søster?

Hun bed sig i tungen. Hun ville ikke have, at ordene fløj ud af munden på hende igen. Må ikke være for anmassende, må passe på at han ikke kravler længere ind i sit hylster.

– Det ved jeg ikke. Jeg har ikke tænkt særlig grundigt på de ting.

Krænkelsen griber hende som en klam klo. Han siger intet om, hvad det betyder for ham, at hun har meldt sig, intet om de tabte år. Ingen sympati for det hun har manglet, som han har haft.

– Men det forklarer jo en del.

Han taler med lav stemme, næsten som til sig selv.

Hun stivner.

– Forklarer?

– Ja, når jeg tænker på, hvor gammel du er. Det forklarer muligvis noget om ting, som skete hjemme.

Hun bliver tør i munden, hun tør ikke synke, bange for at den mindste lyd fra hende skal få ham til at klappe i. Vil ikke længere presse ham, har lyst til at trække ham ind til sig, hviske at det er okay, uanset hvad han siger, så er det okay og forståeligt.

– Mor og far foretog sig noget, som jeg ikke helt forstod på det tidspunkt.

Han sparker en lille sten ud i grøftekanten.

– Men jeg husker ikke så meget, det er jo længe siden.

– Var der ... skænderier og sådan noget?

Længere tør hun ikke gå.

– Nej, nej. Som sagt, så husker jeg ikke så meget. Hvad tid kører din bus, du skal jo rejse langt?

Det er på tide at tage hjem. Hun har stillet sig frem for ham, hun er blevet vurderet, evalueret og er ikke længere interessant. Hun vil aldrig blive en af dem.

"Mor og far". Så stift og mekanisk. Så kernefamiliært, tænker hun og smiler skævt ved tanken om det nye, borgerlige ord, hun lige har opfundet.

Hun siger, at hun vil gå lidt i butikker inden bussen går fra indkøbscentret. De anstrenger sig med et klodset kram, hvor han holder hende ud til siden.

Hun ser frem til den lange bustur. Til at sidde stille, indramme tankerne, sortere de ord, hun netop har hørt og indprentet sig. Give dem mening. Billedet af ham tårner sig op for hendes øjne. Føler hun et bånd til sin bror? At hun ikke er sikker, giver hende en kvælende fornemmelse af, at alt er nytteløst.

En ung mand dumper ned ved siden af hende med en kæmpe taske i skødet. Han må have et surt skod i lommen, Una trækker vejret med munden. Hun længes efter Angie.

KAPITEL 25

1993

Da Kalle gik ned fra sit værelse den morgen, hvor alt var forandret, frøs han om fødderne. Det kolde gulv og den usædvanlige stilhed på etagen nedenunder fik ham til at liste på tåspidserne, det var som om noget skummelt lurede for enden af trappen. Inde i stuen lå hans mor på sofaen og kiggede op i loftet. Han gik hen til hende, rørte forsigtigt ved hendes arm, og hun sagde bare: Tag dig af Kristin.

Det så ud, som om hun havde ligget der med tøjet på hele natten. Aftenen før var der så høje stemmer i stuen, at han ikke kunne sove. Først stod han op for at spørge forældrene, om de kunne tale mere stille, men han ombestemte sig og gik tilbage til sit værelse efter at have taget det første skridt ned ad trappen. For at holde de vrede stemmer på afstand, sang han Bamses fødselsdag for sig selv.

– Hvor er far?

Han var otte år og fire dage. Han kendte ikke andre, der havde fødselsdag på selveste Sankt Hans. Da han fik gaven af forældrene, en kasse med LEGO-klodser til at bygge en borg med, sagde de, at han var en sød dreng, der var god ved sine søstre. Han gemte kassen på sit værelse, så pigerne ikke skulle rode vigtige klodser væk.

Moren svarede ikke. Det var, som om hun ikke hørte ham. Han gik ovenpå igen. Kristin var allerede vågen og sad og legede i sengen. Han klædte sig på, fandt noget tøj frem til hende og holdt hende i hånden, mens de gik ned ad trappen sammen. Han smurte ost på et knækbrød, som hun spiste, mens tørre krummer sprang ud af hendes mund og havnede i skødet og på gulvet. Kjersti sad på en skammel iført trusser og undertrøje og havde på egen hånd fundet sig puffris med mælk, som hun slubrede i sig. Hendes bare fod hoppede op og ned under bordet. Hundene sad tålmodigt og ventede ved hver sin skål, han gav dem hver en kop tørfoder.

Kalle tog Kristin og hundene med ud i haven. Han gyngede hende frem og tilbage, og hun lo og råbte mer, mer! Kæden knirkede, hver gang han skubbede til hende, og hun svævede opover.

– Skrig ikke så højt at du vækker mor.

– Rid mod øst og rid mod vest, råbte lillesøsteren højt oppe i luften.

Ingen sagde noget om, hvorfor mor blev ved med at ligge på sofaen dagen lang. Hun foretog sig ingenting og sagde næsten ingenting. Ville ikke have aftensmad, som faren lavede, når han var hjemme. Kalle vidste en masse om, hvad der måtte gøres i et hus, han vidste i hvert fald, hvordan man blev mæt.

– Du er flink, Kalle, sagde hun og kiggede ud i luften, da han serverede brødskiver med ost og jordbærmarmelade fra en bakke, som han bar ind i stuen.

Han vidste også, hvordan man brugte kaffemaskinen. Kalle sad der sammen med hende, de var tavse. Hun tyggede langsomt og længe på hver bid og trak vejret tungt gennem næsen, mens hun kiggede tomt ned på sofabordet. I begyndelsen spekulerede han på, om hun måske havde glemt, at maden skulle synkes, og holdt øje med, om hun gjorde det. Efter et stykke tid forlod han rummet, når han havde givet hende mad.

– Du kan vel i det mindste ta' dig et bad.

Faren stod bøjet over hende, Kalle kiggede på dem gennem en sprække i døren.

Hun svarede ikke. Måske skulle jeg have spurgt hende i stedet, tænkte Kalle. Så var hun måske gået i bad.

Når Kalle skulle ud for at lege den sommer, gik han aldrig længere væk fra huset, end at han kunne høre hende kalde på ham fra stuen. Han hjalp hende med alt, hvad hun havde brug for. Av og til smilede hun til ham. Så skyndte han sig at sætte sig tæt ind til hende. For det meste stirrede hun tomt ud i luften.

Stilheden forældrene imellem betød, at han gik med sagte skridt indenfor for ikke at forstyrre dem. Faren legede mere med lillesøstrene, end han havde gjort tidligere, og tog dem med udenfor. Når de var inde, løb de ud og ind af rummet, så Kalle ikke kunne koncentrere sig om LEGO-byggeriet.

Lidt senere den sommer rejste moren sig fra sofaen og holdt op med at have det samme tøj på hele tiden. Hun duftede lidt bedre, og inden skolen startede igen, gik hun og Kalle ud og købte bogbind sammen, han valgte et Batman-mønster. Og så begyndte hun at være meget væk.

KAPITEL 26

2015

Den første sne ankommer allerede i efterårsferien, lægger sig i et tyndt lag som for at advare om, hvad der er i vente, og forsvinder. Efteråret, med indendørs belysning og vante rutiner efter udflydende sommerdage, varsler stilstand af kulde og hård jord. Folk trækker huen ned over ørene og skynder sig hjem for at nå lidt samvær, inden de bliver trætte og går tidligt i seng for at udholde næste morgens mørke. November skal udholdes. December skal overleves med venner og kolleger, som vil drikke arbejdsåret væk, før højtiden og familien opsluger dem. Nu er Una ikke med længere, nu længes hun efter foråret.

Hverken moren eller Angie ved, at hun har mødt Kalle. Hun brænder efter at dele det med nogen, fortælle om ham, men gruer for hvordan de vil reagere. Hun kan kun overskue sin egen ustabile frekvens, ude af stand til at tage imod støj fra andre. Advarsler, bekymringer. Kassen med Erlends CD'er står stadig og samler støv.

Hun åbner en af farens videoer, den om at have mod til at følge sine drømme.

– Jeg siger ikke, at det bliver let, jeg siger at det er det hele værd, siger Tor, mens han går mod hende og gestikulerer med hænderne.

Der kommer et pling fra Messenger. Det føles som et smæld i panden i det øjeblik, hun åbner beskeden.

Hej
Det var måske lidt kort sidst
du som havde rejst så langt.

Det er ham, der tager kontakt! En lille sejr. Hun har formået at holde igen. Hard to get.

Hej! Nej det vigtigste var at se dig og lære dig lidt at kende :)

Nu skal hun holde en let og munter tone. Ikke være patetisk og omklamrende. Ikke afsløre, at hun stort set ikke har sovet siden første møde, har udleveret forkert medicin på arbejdet igen, ikke orker at læse, lave mad eller gå tur med Balder. At hun bare har surfet formålsløst rundt på nettet og fundet artikler om Tor, billeder af Kalle med familien, og foredrag på YouTube, som hun har set hundrede gange før.

Er du okay, eller?

Det går fint, arbejder meget. Hvad med dig?

Det går godt

Stadig dårlig stemning på hjemmebanen?

Ja.

Nej, Kristin virkede ikke særlig happy i sit svar til mig

Hun er stadig rasende

Undskyld, det var ikke meningen, at det skulle blive sådan!

Hvad var meningen egentlig?

Hun stivner. Fingrene adlyder hende knap nok, rammer knap nok tastaturet.

Undskyld!!!

Skidt med det. Det betyder alligevel ikke så meget fra eller til for mig, hvad de tænker.

Hvad mener du?

Jeg ser alligevel ikke meget til dem.

Hvorfor det?

Lidt forskelligt. Jeg har mit liv, de har deres

De har deres? Er de ikke en familie?

Hvad siger de?

Nej, det ved jeg ikke helt. Der er bare en masse snak om at ingen heroppe skal få noget at vide. Om dig, altså. Og så siger han, at han ikke kunne gøre for, at din mor var så påtrængende, da de arbejdede sammen.

Den uventede beskyldning mod moren får en gnist af vrede til at skyde gennem Una.

Men som sagt betyder det ikke alverden for mig.

Kommer du til at sige at vi har mødt hinanden?

Det fører ikke til noget. Desuden er det dem, der slås med det, ikke mig.

Men det er jo din familie, ikke?

Det er ikke altid at det betyder alverden

Hun forstår ingenting. Han er med på de billeder, som faren viser frem til foredrag og på Face. Una har set deres hus, udsigten over søen, den gamle bro, hvor Tor friede med ringen gemt i madpakken, hvor de går hen hver bryllupsdag og afgiver nye løfter til hinanden. Tor siger, at det er vigtigt at mødes igen og igen for at huske, hvorfor de valgte hinanden.

Hun har set svigersønnen og Tor sammen male huset, svømme, skrabe båd og tage en øl efter arbejdet. Tor, Erna, datteren og Jørgen sammen på ferie.

Nu må hun ikke sige noget dumt igen. Hun giver samtalen en twist.

Jeg overvejer snart at se Bølgen i biografen, har du set den?

Ufarligt. Måske kan de med tiden udveksle synspunkter om film, de har set, og musik de kan lide.

Nej.

Hun står fast. Kan han ikke sige noget mere, at han gerne vil se filmen, hvis han får tid, at han godt kan lide Kristoffer Joner og Ane Dahl Torp, eller at han ikke kan fordrage dem, og derfor ikke har tænkt sig at se filmen. Hvad som helst.

Kan vi mødes igen?

Spørgsmålet kaster hende næsten bagover, fingrene kæmper for at finde tasterne. Der kommer en tynd, pibende lyd fra halsen og ud gennem hendes mund.

Selvfølgelig, vil du det?

Ja, hvad troede du?

Det virker jo lidt kompliceret

For de andre, ja. Ikke for mig

KAPITEL 27

Tor vrider sig i den smalle seng i gæsteværelset. Følelsen, som han har holdt på afstand så længe, ulmer og brænder igen i brystet. Han kigger mod sprækken mellem gardinerne, som slipper sollyset ind. Det er en uge siden, Erna mente, at huset skulle sælges. Tre halvfulde papkasser står stadig på loftet. De spiser aftensmad sammen og går ind og ud af huset uden at tale om andet end praktiske opgaver. At bilen skal til service, at kompostbeholderen er gået kold igen. At græsplænen skal slås.

Om aftenen går hun tidligt i seng og lukker døren til soveværelset. Hans frygt for hendes næste træk, for hvad hun har planlagt, hærger i kroppen hver dag. Han får knap nok ro, før nye bølger af frygt ruller ind over ham. Han ser på uret og hører Erna lukke hoveddøren. Gruset knaser under hendes fødder, og bildøren åbnes og lukkes. En indbringende, men alt for sjælden weekendvagt på plejehjemmet står for tur.

Hvordan kunne tingene vende så hurtigt fra kontrol til katastrofe? Hvad kunne han have gjort for at forhindre ungen i at indblande hans børn? Hendes fremfærd er helt utilgivelig. Hvorfor i alverden kontaktede hun ikke ham i stedet, hvis det var så vigtigt? Han magter alligevel ikke at overskue, hvad godt der i så fald skulle komme ud af det. Det står klart for ham, at det er slut, at de nu er fremmede for hinanden og at det må være sådan. Han traf engang et valg, og det fungerede.

Erna har holdt kæft om det lige siden den dag hun rejste sig fra sofaen efter ugevis i stilhed, svedig og stinkende med øjnene fæstnet mod et punkt i loftet.

Til og med gik det an at træffe Grete, så længe det varede. Ungen stod i midten og beskyttede dem mod hinanden, som en mole, der blokerede for de bølger, der ellers ville have overskyllet dem med dårlig stemning. Så længe besøgene var korte, og ungen ikke spurgte for meget, gik det godt. Han var herre over situationen.

Han husker, at han i begyndelsen var usikker på Erna. Da hun genvandt sine kræfter, frygtede han et nyt raseri eller en afsløring over for deres børn eller familie. Men hun holdt mund. Det viste sig endda, at de egenskaber, han foragtede dybt hos hende – tendensen til at sladre og gå i detaljer om ubetydelige ting – pludselig kom til nytte. Det ligefrem hjalp dem. Hun var en mester i at observere andre, kommentere og lade sig underholde af alt det, de gjorde forkert. Hvad de lagde i deres indkøbskurve, hvordan de opdrog deres børn, hvordan de gik klædt, hvor uregerlige deres hunde var, hvor grimme deres gardiner var. Stemningen var god, det var altid nemt at tilføje træffende replikker, anerkende hende.

At pege på den håbløse verden udenfor styrkede båndet mellem dem. Han havde selv meget at bidrage med, når de først var i gang, fra arbejdspladsen, fra hans rejser – elendige chefer, langsomme stewardesser, håbløst hotelpersonale. Og kampen mod bureaukratiet i forbindelse med Bygården, den udkæmpede de sammen. Det bragte dem næsten sammen igen, når Tor tænker over det. Deres øjne mødtes oftere og oftere i forbindelse med latter og hovedrysten. Ungerne lo begejstret, familien voksede sammen, de havde noget at snakke om.

Men efterhånden var der noget som ændrede sig. Ernas opmærksomhed vendte sig mere og mere mod noget uden for hjemmet. Hun kom sent hjem om aftenen, og ungerne spurgte efter hende, før de gik i seng. Hun placerede fine flakoner på badeværelset.

Han husker ikke dagen, ugen eller måneden, men det var i overgangen mellem efterår og vinter. Det, der var en vag og ulmende fornemmelse af, at noget var ved at ændre sig, blev konkret, da Erna fortalte ham, at hun havde meldt sig til et kursus i swingdans.

– Du ved, at jeg ikke danser.

Tor gøs ved tanken om at trippe hen over parketgulvet, viftende med arme og ben og lade som om, det var festligt.

– Slap af. Du behøver ikke være med, Henning har også tilmeldt sig.

Så der var altså noget om det, Tor havde forsøgt at fortrænge, lige siden den foretagsomme Henning, som de betalte sort for at hjælpe med Bygården, tilbød sin tjeneste. Følelsen af, at han kom hjem til dem lidt for ofte og blev lidt for længe om aftenen. Han havde også en hund med. Det var ikke et problem, for den kom godt ud af det med hendes to, sagde hun.

Der var ikke plads til indvendinger, det var en af reglerne i deres tavse aftale. Desuden kunne han godt lide Henning. Stemningen var ofte lettere, når de var sammen alle tre, især i dagtimerne i weekenderne. Henning spøgte og legede med ungerne, var mere vedholdende end Tor selv var. Især Karl så ud til at sætte pris på ham, fik lov at være sammen med ham på byggepladsen, lærte ting.

– Jeg vidste ikke, at Henning var sådan en danseløve, men okay.

Han kunne ikke holde ud at se på hende.

Når han vendte tilbage fra forretningsrejser, bemærkede han efterhånden, at lugten i huset havde ændret sig. En duft af snus, støv, spåner og sved. Og lugten af hund, som ikke lignede lugten af deres egne hunde. Ernas. Det hele blandet med duften af Ernas nye parfume.

Han ville alligevel ikke gå glip af at rejse. Pusterum. At mærke flyet lette for andres regning, frakoblet kravene hjemme, var i lang tid den eneste grund til at blive i firmaet. Han tog gerne en ekstra dag, når han kunne, og organiserede et ellers unødvendigt kundebesøg, der kunne holde ham på farten i yderligere et døgn. Ture for at se ungen var også en del af hans udflugter. Han gjorde sin pligt.

Når der var tid, gik Tor af og til ud med Erna og Henning. På tur med hundene, til Rema 1000. Andre så, at de var tre, ikke to. Ikke bare Erna og den anden, men tre gode venner med et fælles projekt i Bygården. Om aftenen sad de tre sammen, indtil Tor var så træt, at han bare måtte lade dem sidde tilbage. Stemmerne og latteren fra stuen, og nogle gange lyden af swingmusik, fulgte ham hele vejen ind i søvnen.

De havde fået det til at fungere. Hun blev, og de holdt sig til aftalen. Ingen så, ingen vidste. Men da Erna annoncerede, at hun og Henning ville rejse ud af byen sammen til en hundeudstilling, følte han, at noget inde i ham strittede imod.

– Både Tito og Chablis har en chance for en placering, men ikke Luna, sagde Erna ubesværet med ryggen til, efter at hun havde fortalt ham, at de skulle på weekendtur. Tor skrællede kartofler, hun stegte fiskefrikadeller.

En følelse af skam og magtesløshed greb ham.

– Det ville ikke være dårligt med et trofæ på kaminhylden, go all in, svarede han, mens han greb fat i kanten af køkkenbordpladen. Rettede blikket mod vinduet. Sank med besvær. Pulsen var så høj, at det sortnede for øjnene.

– Kan I ... kan I få plads til alle burene i hans bil? Hvis ikke, kan I jo ta' vores også.

Han kan huske, hvordan det vendte sig i ham, da han sagde det. Hun ejede ham, *det* ejede ham. Det var, som om en hånlig dæmon styrede håndtagene på en stor klo, der fangede ham, mens han lå på bunden og sprællede. Slap ham for sjov, greb ham igen, trak ham op og lod ham hænge i nakken. Han kunne ikke komme fri, selv om han kastede med hovedet, vred sig, sparkede og slog.

Tor gyser. I årenes løb har han sænket paraderne mere og mere, og nu er hver en fiber i ham i alarmberedskab igen. Hvordan kan han få dem til at forstå? Jørgen – hvad vil han tro, nu hvor Erna har taget føringen?

Han skubber minderne væk. Må stå op og forberede sig på den næste opgave fra Taleeksperten. Han går barfodet ind på badeværelset. Ansigtet i spejlet kigger på ham med et bekymret udtryk.

KAPITEL 28

Una trykker på FaceTime-knappen i samme sekund, som Angie ringer til hende. Et tegn, tænker Una, min soul mate vidste, at jeg havde brug for hende. Tegnet gør det endnu lettere for hende at fortælle, hvad hun har besluttet, at Angie skal vide.

– Jeg tog hen til ham, eller ikke hjem til ham, men jeg mødte ham. Kalle, altså.

Sekunderne med stilhed i den anden ende får hænderne til at dirre.

– Jamen, altså!

Angies stemme smiler, Una hører det, denne gang er der ikke lagt op til en skideballe.

– Tænd for kameraet, Angie.

Videoen af veninden med et håndklæde viklet om hovedet som en turban dukker op på skærmen.

– Hvad skal der ske nu? For helvede, Una, det er langt væk, og du sniger dig bare af sted uden at sige noget!

Videobilledet ryster, Angie sjosker rundt i en lilla badekåbe og dumper ned på en stol. Una ser, at hun har en klump under overlæben.

– Jeg ved ikke, hvad der skal ske, men vil du ikke gerne vide, hvordan han var?

Una prøver at lyde afslappet. Angie ruller med øjnene og laver en grimasse:

– Ooooh. Hvordan var han så, din mystiske bror deroppe?

Una er tæt på at græde over Angies accept.

– Venlig. Stille. Jeg vil gerne lære ham bedre at kende. Jeg rejser snart derhen igen.

– For at snige dig ind på Tor?

– Angie!

– Undskyld, Una. Jeg er glad for, at det gik godt, det er sandt. Skal vi ikke snart ta' et glas vin sammen, det er så længe siden?

– Jeg siger til, når jeg har tjekket mine vagter. Forresten, jeg troede, du var holdt op med at bruge snus?

– Shit. Skide FaceTime.

Angie fjerner håndklædet og ryster håret.

– Angie?

– Eh-jaah? Veninden laver en spørgende grimasse til kameraet.

– Tak.

– Selv tak, dramaqueen of the year!

Femogfyrre timer efter Angies velsignelse står hun foran ham igen. Kalle bøjer sig ned og giver hende et kram med en indstuderet bevægelse. Det føles også akavet for hende, men de kan ikke bare mødes med et håndtryk nu.

Una kan næsten ikke tro, at det var broren, der foreslog, at hun skulle komme igen. Hun er stolt af, at hun holdt igen og ikke lod sig vikle ind i for mange ord og dumme spørgsmål i dialogen siden sidst. Cool cat. Godt gået, Una, siger hun til sig selv.

De tager bussen fra stationen, mod det nye byggeri på det vestvendte højdedrag i kort afstand fra centrum, og står af nær parkeringspladsen, der vender ud mod en skovsti. Han holder lågen åben for to vandrere, der nærmer sig, hilser med et kort nik og giver tegn til at hun skal komme ind, når de har passeret. Han må begynde, det er ham, der har inviteret. Hun øvede sig på vejen, mens hendes blik fulgte landskabet fra busvinduet i fire timer. Først gennem den forstad, hun kender så godt, så forbi færre og færre villakvarterer og et stigende antal gårde og bådhuse. Så til færgelejet, over fjorden og ud på den smalle vej mod et nyt landskab tre kvarters kørsel fra kajen. Til Dalen. Hun så alt, men med et filter for øjnene, i filteret flimrede han og hun i et nyt møde.

Hun er forberedt, skal klare at holde sig tilbage, lade ham tage styringen. Han skal få lov til at interviewe hende og ikke omvendt. Hun har forberedt sine svar. Hvordan hun har haft uden en familie.

Hvad hun har savnet.

Hvis han spørger.

Han sætter kursen, de går langsomt. Langs stien er der små skilte med tegninger og navne på blomster og træer, der vokser langs stien, og dyr, de kan støde på. De stopper ved skiltene og skiftes til at læse højt for hinanden.

– Vidste du, at porse både blev brugt til at holde lopper væk fra sengehalmen og til at lave øl med i gamle dage?

Hans ansigt et tæt på skiltet, han kniber øjnene sammen, bogstaverne er falmede og utydelige.

Una studerer hans profil, mens han læser. Prøver at finde ud af, om han virkelig er engageret i det, der står. Måske er det bare en manøvre for at undgå at komme ind på noget, som handler om de to.

– Vidste du, at rådyrmødre går langt væk fra deres unger for at finde mad, og at ungerne venter på det samme sted, til de dør, hvis moren ikke vender tidsnok tilbage?

– Hvor står det?

– Det er bare noget, jeg ved.

De går længere ind på stien end sidst. Et skilt viser, at der resterer næsten to kilometer rundt om søen. Han holder armene tæt ind til kroppen. Hun spekulerer på, hvor længe han klarer tavsheden, blive ved med bare at sætte den ene fod foran den anden uden et ord. De krydser en bro, der går over en å med stærk strøm. Han kaster en pind i vandet, som følger strømmen under broen med vuggende bevægelser.

Una ser ned på sine fødder og tæller trinene for sig selv, fortrænger den øredøvende stilhed. Hun er stolt af sig selv, da det er ham og ikke hende, der først tager ordet.

– Har du set den film?

– Ja, den var faktisk god, du burde se den.

– Måske. Så du den alene?

– Nej, med Angie, min bedste veninde.

– Så du har altså ikke en kæreste?

Det direkte spørgsmål overrasker hende.

– Nej, ikke i øjeblikket.

Una overvejer, om hun skal fortælle ham om Erlend, om deres planer, om hvorfor hun ikke ville fortsætte. Hun lader det ligge.

– Hvad med dig, har du en kæreste?

– Nej, nej!

Han stivner, da hun spørger. Kigger ned og ryster på hovedet.

Han skifter hurtigt emne.

– Jeg ... husker lidt mere om, hvad der skete dengang, da far nok var nødt til at fortælle mor om dig.

Hun bliver tør i munden, bider læberne sammen, tør ikke se på ham.

– Mor havde virkelig brug for hjælp i et stykke tid. Hun kunne ikke klare noget, og far begyndte at være mere sammen med os. Jeg var måske otte år, pigerne omkring fem og tre.

Una ser det for sig. En familie med en almindelig hverdag, indtil der pludselig skete noget, indtil Una den uønskede blev afsløret. Faren holdt det skjult så længe den gik. Måske var der nogen der snakkede, eller nogen opdagede indbetalingerne til hendes mor. Måske kom der et brev. Una eksisterede ikke, før sandheden tvang sig frem.

Hun retter ryggen.

– Ved du, hvorfor I ikke fik noget at vide?

– Nej. Eller jeg ved det vel egentlig godt, selv om det ikke bliver sagt sådan.

– Hvad?

– Far begår ikke fejl.

Nu ser Kalle endelig på hende med et fast blik.

De stopper og står mod hinanden.

– What?

Una er foruroliget over det insisterende blik og stresset over, at de bare står der.

– I deres verden. Far begår ikke fejl, mor mislykkes ikke. Hun ville alligevel ikke have haft noget sted at tage hen. Så kunne de lige så godt lade som om du ikke eksisterede.

– Men hvis de havde fortalt jer om mig, da I var små, så var de sluppet for besværet med at holde det hemmeligt?

– Da havde folk set, at far havde begået fejl, og at mor havde mislykkedes.

Han går sagte videre. Hun forsøger at følge rytmen i hans skridt.

– Men herregud!

– Jeg ved det. En masse stress.

Han smiler til hende med en opgivende, konstaterende mine.

Hun vil gerne tro på ham, at han er på hendes side. At han ikke bare er nysgerrig og vil at bruge hende som underholdning.

– Det eneste jeg drømte om, da det gik op for mig, at jeg havde en familie, var at komme på besøg, lege med mine søskende, møde min far og få det samme, som I fik. Ligesom skilsmissebørn. At rejse alene med en mappe om halsen til ens andet hjem, forkælet af den anden forælder.

Hun ser op på ham. Smilet er væk, hans blik bliver mørkere.

– Hvad er det, du tror, vi fik, som var så specielt, egentlig?

Hans stemme er ikke længere dyb og mandig, men skinger og næsten på bristepunktet.

– Tingene er ikke altid, som de ser ud. Det må du at lære. Lillesøster.

De står der helt hjælpeløse begge to. Storebror og lillesøster.

Fra en sidevej til venstre kommer en gruppe klædt i træningsdragter løbende imod dem, han griber fat i hendes underarm og trækker hende til side, så de kan passere. Hans pludselige bevægelse, det korte sekund med synlig omsorg, forbløffer hende. Han fortsætter med at gå uden at sige noget.

– Kalle, jeg er ked af, at jeg roder det hele til for dig. Jeg er ikke kommet for at gøre det vanskeligt.

– Skidt med det.

Hun binder frakken strammere om livet og sætter tørklædet fast igen. De går med en unaturlig afstand til hinanden. Folk, der kommer imod dem, tror måske, at de er et par, der har haft et skænderi.

Har hun mistet ham igen? Hun trækker bomuldshuen ned over ørene. Når hun kommer hjem, skal hun huske at lægge handsker frem til i morgen.

– Men altså, efter jeg hørte om dig, har jeg forsøgt at få det til at passe med andre ting, der skete.

– Som hvad?

Una føler en ny optimisme, måske er han ved at nærme sig et svar.

– Det virkede, som om de havde brug for en person mellem sig, en, der kunne binde dem sammen, men stadig skærme dem fra hinanden.

Hun forstår ikke, hvad han mener, men siger ikke noget.

– En, de kendte, en, der hjalp min far med et byggeprojekt, hjalp min mor lige så meget, hvis du forstår, hvad jeg mener.

Kalle bliver tavs igen. Lyden af deres fodtrin bliver høj og påtrængende, Una snubler over en sten og styrter fremover, han griber ud efter hende. Hun havde selv formået at holde sig på benene, men er glad for, at han rørte ved i hende igen. De fortsætter, lige så stille. Hun tæller skridt igen.

– Hvor længe var han der, ham der hjalp jer?

Una vil længere ind. Han er kommet med en åbning, nu vil hun høre det hele.

– I lang tid. Et år eller mere. Han blev i området et stykke tid, før han forsvandt igen. Han havde også en fin hund, brun med en næsten lyserød snude.

Han tænker sig om, ser ud til at lede efter ordene.

– Jeg kunne godt li', at han besøgte os, for så kom der glade lyde fra stuen, når jeg gik i seng. På et tidspunkt dansede de også, jeg kunne høre, at de flyttede rundt på møblerne.

Una er lige ved at sige noget, men holder igen.

– Før han kom, efter at mor bare havde ligget der, og far næsten bare var sammen med pigerne, syntes jeg, at der var skummelt i huset. Jeg måtte ikke ta' venner med hjem, og mor og far var næsten aldrig sammen med nogen andre.

Han bliver tavs og vender ansigtet væk. Una strækker halsen frem og kigger i samme retning for at fange hans ord.

- Sammen med ham var der sjovere både på byggepladsen og derhjemme. Jeg troede, at jeg skulle være tømrer, når jeg blev stor, fordi jeg lærte så meget af ham. Min mor sagde også, at vi to passede godt sammen.

Han hvisker næsten den sidste del. Mere som til sig selv end til hende.

Una opdager, at han ikke længere er ved siden af hende, hun stopper op og vender sig om. Han står stiv og tavs et par skridt bag hende. Hun går tilbage til ham.

– Er du okay, Kalle?

Han svarer ikke. Det virker, som om han forsvinder ind i sig selv.

Han tager sig sammen, lukker øjnene, åbner dem og ser på hende igen.

– Ja, det er fint.

– Fint?

– Ja, det er bare ...

Han tager et skridt i retning bort fra stien, går usikkert hen mod et birketræ, ser næsten beruset ud. Han støtter sig til træet, sikkert for at tisse. Una vender sig halvvejs væk.

Men han åbner ikke lynlåsen. Han synker ned på knæ.

– Hvad er der, Kalle?

Hun løber hen til ham og lægger sin arm om hans skulder. Han bøjer sig forover og spytter tyndt slim ud af munden.

– Jeg tror, jeg må gå hjem. Hvornår kører din bus tilbage?

– Fuck min bus. Vi får fat i en taxa, er der langt hjem til dig? Skal jeg ringe til nogen?

– Nej!

Hun tager telefonen frem og finder nummeret til taxicentralen i Dalen, hun stoler ikke på at Kalle har det i hovedet. Hun holder ham i armen, og de går langsomt ned ad skovstien. For hvert skridt virker det, som om hans knæ skal svigte og give efter for kropsvægten, hans fødder snubler fremover.

Bilen holder foran dem på vendepladsen, de bliver omringet af udstødningen fra den dunkende dieselmotor. Hun skubber broren ind på bagsædet og placerer sig selv ved siden af. Hans hænder dirrer, munden ser ud til at være fyldt med spyt, han synker igen og igen.

Med rystende hænder fisker han nøgleknippet frem ved indgangen til den lave blok i byens centrum. Han gør ikke mine til at tage hende med ind. Siger at det går godt, at han kan klare sig selv. Han går skrutrygget ind i opgangen uden at se sig tilbage.

Hun går hen til busstationen, når en tur på handicaptoilettet inden afgang. Igen er hun glad for, at det er en lang rejse. Hun kan ikke at vende tilbage til sin sædvanlige verden, før hun har fået den nye på afstand.

Natten byder på en urolig søvn, hvor de to stadig går på skovstien.

KAPITEL 29

1993

Da Kalle kom hjem fra skole, var huset tomt. Han tog rygsækken og jakken af i entreen og kastede et blik mod spejlet. Han strakte sig højere over spejlrammen nu, end han havde gjort før ferien. Hans hår var lysere efter sommeren, fregnerne var tydeligere, og den anden fortand var vokset helt ud. Nu lignede han lidt en kanin, tænkte han.

Efter at have sparket skoene af fulgte han den lidt sure lugt ud i køkkenet. Grønsorte fluer kravlede over madrester, der var tørret ind på tallerkenerne, han satte det hele i vasken og åbnede for vandhanen. Små klumper af gammelt brød, rejesalat og rester af makrel i tomat blev blødt op og tilstoppede afløbet. Vandet steg. Han sprøjtede lidt sæbe på.

Måske var hun ude med hundene. Han havde brug for hjælp til at få bogbindet med Batman på norskbogen for anden klasse, som han havde fået med hjem.

Før han havde tænkt færdig, gik døren op, og begge hunde kom logrende imod ham, våde i pelsen. Moren måtte have gået en lang tur med dem, selv om hun hadede regn. Hun havde små dråber på kinderne, og de mørke hårspidser var våde og klistrede sig til skuldrene. Hun tog et lommetørklæde frem, og de tynde øjenbryn løftede sig, da hun skulle til at pudse næsen.

Kalle hørte en bil nærme sig huset, og lyden af farens fodtrin i gruset. Det stak i maven. Faren kom ind, da moren var ved at tage sit overtøj af, og så venligt på hende.

– Jeg kan se, at du har været ude og få noget frisk luft!

Hun så igennem ham med lukket mund uden at møde hans blik. Han strøg hende let over ryggen, da hun gik forbi. Hun vred overkroppen.

– Hent pigerne.

Faren svarede ikke, men vendte om før han havde fået skoene af, og kørte hen for at hente dem.

Kalle gav hundene tørfoder. Så gik han ovenpå og trak bogbindet op af skuffen på værelset.

De plejede aldrig at læse for ham, og han klarede sine lektier på egen hånd. Det var helt fint for ham at smøre sig noget mad selv. De havde også pizza i fryseren. Men denne gang var det aftensmad, og hele familien skulle spise sammen. Det var længe siden, de havde haft en dag som denne. Ikke siden den aften med de høje stemmer i stuen, hvor tingene var holdt op med at være, som de var før.

– Hvorfor er du altid væk, spurgte Kjersti og pressede hånden mod farens arm.

Kalle tyssede på hende og så hurtigt op på moren.

– Jeg er nødt til at arbejde og rejse meget for at tjene penge, så I kan få mad. Og et sted at bo.

Lillesøsteren gav sig ikke.

– Du behøver vel ikke være væk om natten for det?

Der blev helt stille. Faren lagde bestikket fra sig, sukkede tungt og lukkede øjnene. Kalle klarede ikke at synke maden i munden, han tyggede og tyggede.

– Far må rejse langt med arbejdet. Det har hans chef besluttet.

Morens stemme var skarp.

Kalle turde ikke se på forældrene.

– Dum chef, sagde Kjersti.

Moren og faren så hastigt på hinanden og lo.

– Som du dog kan sige det, Kjersti!

Kalle følte lettelse, den følelse, der altid kom, hver gang han så, at moren og faren var glade sammen. Nu fortalte faren om andre dumme mennesker på arbejdet, som gav ham problemer. De leverede ikke varen, sagde han. Og de var misundelige, fordi han var dygtigere end dem. Moren fulgte op med at kalde dem for noget, som man ikke måtte sige om andre i skolen. Pigerne kiggede på forældrene og hoppede op og ned i stolene. "Dumme," råbte Kjersti. Forældrene grinede højlydt sammen. Kalle smilede op til faren, og klumpen i maven virkede mindre, end den havde gjort længe.

- Har du lyst til at komme med over i Bygården bagefter, Karl?

Faren samlede tallerkenerne med madrester sammen, og snakkede med venlig stemme. Moren fyldte små skåle med chokoladeis, de fik altid is til dessert, når der var fisk til middag.

Kalle trak vejret med åben mund, det kildrede i maven, han havde ikke troet, at der kunne ske så meget godt på én dag.

Det tomme, gamle hus var som en mystisk fæstning med mange hemmeligheder. En investering, sagde faren. Der boede ingen mennesker endnu. Kalle fik ikke lov til at gå derind alene, det var farligt, huset skulle sættes i stand først.

KAPITEL 30

1994

Jo længere tid der gik siden sommeren, jo gladere blev mor. Kalles søstre var ikke længere så anstrengende. LEGO-slottet var for længst blevet færdigt, og Kalle begyndte at synes, at det faktisk var lidt barnligt at lege med de figurer, der hørte til. Han trak slottet hen over gulvet i sit værelse og stillede det for enden af sengen.

Julen var overstået, og de havde fejret nytår med raketter. Bygården var kold, men rummet, de arbejdede i, blev opvarmet af en lille el-ovn, der var forbundet med en forlængerledning. Det store, tomme hus med mange etager var på samme tid både spændende og skræmmende, og mange af rummene havde ændret sig hurtigt i den tid, der var gået fra sommeren og til nu, hvor det var koldt.

– Vil du slå nogle søm i derovre?

Henning, manden som var der for at hjælpe faren med Bygården, var kommet godt i gang indendørs. Nu var der mere sikkert derinde, og Kalle fik lov til at være med i arbejdet. Henning fandt et sømforklæde frem og bandt det om livet på ham. Kalle strakte armene ud til siden med hammeren i den ene hånd. Båndet gik to gange rundt om livet, Henning strammede det lidt mere, svingede Kalle let frem og tilbage, løsnede og gav båndet en passende længde, før han bandt det. Kalle mærkede en hånd, som lagde sig på hans hoved, og fingre, der ruskede ham i håret.

– Sådan, nu er du en rigtig tømrer!

Vægten af hammeren trak Kalles hånd ned mod gulvet, men det føltes, som om hans krop svævede.

Han prøvede kun at færdes de steder, han havde fået lov til, så han også fremover kunne komme med i Bygården. Men det var ikke altid han klarede at holde sig til reglerne.

– Pas på!

Henning råbte fra etagen nedenunder, da han så Kalle stå på kanten, hvor der stadig manglede trappe. Det gav et sug i maven at kunne se ned i de åbne etager. Kalle tog tre hurtige skridt baglæns og samlede hammeren op fra gulvet. Gik tilbage til bjælken, han havde fået lov til at hamre søm i.

Han hørte moren råbe fra nederste etage. Henning svarede.

– Du slipper ikke ind uden kaffe!

Hans mor grinede og greb fat stigen. Kalle vendte ryggen halvvejs til moren, da hun kom klatrende op. Hun smilede til Henning, han tog hende i hånden og trak hende ind på gulvet fra det øverste trin på stigen. Hun lo, mens hendes fødder dansede ind over kanten idet hun slap mandens hånd.

Ville det ske, det, der var sket dagen før? Kalle havde set dem, skråt nedover fra den etage han befandt sig på, gennem hullet, hvor der manglede en trappe. De havde

fniset stille med ansigterne meget tæt på hinanden, det
så ud som om de fortalte hinanden hemmeligheder.

Det skete igen. Han så moren gå hen mod vennen og
tage en termokande op af den lærredspose, hun havde
hængende over skulderen.

– Se der, grinede Henning.

Moren grinede tilbage, holdt termokanden op mellem
dem, og igen var hendes ansigt tæt på hans.

Kalle trampede hen over gulvet for at lave en lyd i
rummet over dem. Moren trådte et skridt tilbage, nu
kunne han kun se hendes ben.

– Hej Kalle! Kom her og få nogle kiks. Og så kan du
løbe over til dine søstre. Forresten, sørg for at hundene
har noget at drikke, det glemte jeg vist tidligere.

Henning havde også en hund. Nu var alle de tre
firbenede sammen i deres hus, mens han arbejdede i
Bygården.

Moren tog stadig oftere hundene med ud, og fik friske
kinder. Kalle syntes, at hun virkede gladere, når faren
ikke var hjemme, end når han var. Men hun grinede
også sammen med ham. Højt og livligt, især når andre
så dem sammen.

Latteren og den glade stemme, som hun talte til faren
med, var helt anderledes end den hylen, som Kalle
havde hørt aftenen før det med sofaen. Nu var det lang
tid siden. Han havde tænkt på det mange gange. Det var
dumt, at moren var mere væk end før, men det var godt,
at hun og faren ikke råbte ad hinanden, som de havde
gjort, lige før han pludselig kørte væk. Kalle var blevet
både forskrækket og nysgerrig over det, han hørte, da
han stod øverst på trappen. Først troede han, at hun
råbte, fordi hun havde slået sig, og han havde lyst til at
skynde sig ned for at hjælpe. Men noget holdt ham

tilbage. Han vovede aldrig at spørge dem, hvad det var, der var galt den aften. Hvorfor hun lå i stuen næsten uden at sige et kvæk i så lang tid bagefter. Siden hun ikke gjorde det mere, og siden de talte mere venligt til hinanden nu, havde han det fint med, at forældrene var mindre hjemme sammen.

– Skal I også overnatte?

Duften af stegt fisk gennemtrængte hele førstesalen, Kalle børstede tænder og hørte farens stemme fra køkkenet.

– Ja, og hvad så? Morens stemme var skarp.

– Nej, nej. Det er vel okay. Gør som du vil.

Faren lød træt.

– Det kan du være sikker på, at jeg gør.

Der blev stille et øjeblik.

– Men jeg ved ikke, om jeg har en friweekend så langt frem i tiden, hørte han faren sige.

– Det må du så hellere sørge for, at du har.

Kalle hørte at moren gik ud af køkkenet, og at faren samlede tallerkner sammen fra opvaskemaskinen.

Ved middagsbordet næste dag fortalte moren dem, at hun og Henning snart skulle rejse til en hundeudstilling i en anden by. De skulle være væk i to nætter. Hvis de var heldige, kunne en af deres hunde måske vinde en konkurrence.

– Jeg kan hjælpe med at passe pigerne, mens I er væk, skyndte Kalle sig at sige og kiggede over på faren, som så ud ad vinduet.

– Men jeg vil med!

Kjersti viftede med hænderne i luften, som hun altid gjorde, når hun ville have opmærksomhed.

– Det er for langt væk for dig. Desuden er der kun voksne.

– Og hunde, sagde Kjersti.

– Selvfølgelig, men ingen hunde som du kan lege med. Nej, I bliver her hos Kalle og far.

KAPITEL 31

– Det må jeg nok sige!

Henning kiggede på den båd, som Kalle havde lavet af kasserede træklodser. Det var en vellykket prototype med sejl af sandpapir trukket på et søm. Henning havde kun hjulpet ham i starten, resten havde han klaret selv. De var alene på byggepladsen. Kalle havde selv bundet sømforklædet, to gange rundt om livet.

Den første lejlighed på anden sal skulle blive færdig til sommer. For at det skulle lykkes, måtte Henning arbejde hele vinteren, alene, når faren var ude at rejse.

– Må jeg male den?

Kalle strøg hånden hen over båden, som var slebet færdig med sandpapir. Den føltes blød og glat at røre ved.

Henning tænkte sig om, kløede sig hurtigt i sit lyse, strittende hår.

– Jeg skal se, hvad jeg kan finde af rester til dig.

Kalle elskede lugten af frisk savsmuld i rummet. Han fejede gulvet og samlede flere træstykker op, han ville lave flere både. Søstrene skulle have hver sin. De skulle se, hvordan bådene kunne søsættes i åen og sendes under broen for så at blive samlet op på den anden side.

Hans far havde lovet at lære ham at lave en båd, men nu vidste han allerede, hvordan han skulle gøre det selv. Han glædede sig til at overraske faren med båden, når han var hjemme og havde tid. Når det blev forår, eller sommer. Der var ikke langt til åen, og heller ikke til søen, hvor de kunne slå lejr og lege, at de var rejst langt væk.

– Du skal ikke spørge dem om det! sagde Kalle til Kjersti, da hun havde beklaget sig til ham sidste sommer. Alle, som de kendte, skulle på ferie med deres forældre, men ikke Kalle og søstrene.

– Hvorfor det? Jeg vil til Sommerland!

– Hvis du brokker dig, bliver det i al fald ikke til noget. Det er dyrt, hvis vi alle sammen skal rejse. Måske kan du rejse alene med far. Eller mor. Jeg behøver ikke komme med.

Han kunne ikke forklare søsteren, hvad faren havde fortalt ham. Farfar og farmor, som de næsten aldrig så, havde ikke hjulpet deres far med penge og praktiske ting, da han var ung. De var uretfærdige over for ham. De støttede kun tante Sigrun. Derfor var han nødt til at bygge alt op helt alene, så han kunne skabe noget til sin familie. Penge var vigtige, hvis man skulle have det godt. Hans far sagde det ikke direkte, men Kalle forstod det: Børnene kom ingen vegne med bare at kræve.

Arbejdslampen var glohed, og Kalle følte sig træt. Han vidste ikke helt, hvor han skulle slå flere søm i, og han gad ikke male båden færdig denne aften. Den hvinende lyd fra saven på etagen nedenunder var stoppet, han tog sømforklædet af og kravlede ned ad stigen. Der stod en flaske saft i et hjørne af gulvet, han løftede den op og skruede proppen af. Henning tog høreværnet af.

– Jeg tror, det er på tide at slutte.

– Ja, jeg må hjem.

Kalle tog en slurk af flasken og skruede låget på igen, børstede spåner væk fra bukselåret.

– Vi kan følges, vent nedenunder, jeg skal bare rydde lidt op.

Henning samlede de afskårne træstumper og lagde dem i en sort plastiksæk.

Lyset blev svagere for hver etage Kalle gik ned, og han satte sig til at vente på et stykke pap, der lå på gulvet ved udgangsdøren.

På vejen hjem fortalte Henning om den hundeudstilling, han og Kalles mor skulle til, og hvor spændende det ville blive.

– Jeg håber Tito vinder en præmie, sagde Kalle.

– Han er den flotteste.

– Det synes jeg også! Sig det til din mor, hun foretrækker Chablis, men jeg tror, at vi to har ret. Måske kan du og jeg vædde mod hende?

– Nej, det tror jeg ikke.

Kalle stak hænderne i jakkelommen. Da han gik hjemmefra, havde han glemt, at det kom til at blive koldere om aftenen. Han manglede også en hue.

Langs grøftekanten stod snestagerne klar og pegede ret op i luften, det havde endnu ikke sneet. Når sneen kom, og bilen med sneplov, ville mange af dem komme til at stå skævt, huskede han fra sidste vinter.

– Hvad om du ta'r med og ser, hvordan det går på udstillingen, sagde Henning pludselig.

Kalle følte varme strømme gennem kroppen, troede næsten ikke på det, han lige havde hørt.

– Må jeg det? Han så op.

Henning kiggede op i luften, smilede og så ned på Kalle. Lagde hånden om hans skulder.

– Ja, måske. Hvis du kan hjælpe mig med noget.

KAPITEL 32

2015

Una har handlet på vejen hjem, og det er blevet mørkt udenfor. Lejligheden er kold, hun skruer op for termostaten. Loftslampen i stuen trænger til en ny pære, men hun lader læselampen og computeren lyse rummet op. Faren ser på hende fra sommerpladsen på klippen i skærgården og siger:

– Hold op med at bekymre dig om, hvad der kan gå galt, og begynd at glæde dig over, hvad der kan gå godt!

Una klikker på den runde pil, der får videoen til at blive afspillet igen.

Nej, det kan ikke gå galt, hun bekymrer sig ikke over at være først ude denne gang. Der er gået en uge, længe nok. Ikke for påtrængende, ikke for uinteresseret.

Broren skal vide, at hun tænker på ham.

Hvordan går det?

Efter en halv time kommer svaret.

Det går godt

Hun venter ikke med det næste spørgsmål, legen med at holde sig tilbage for at beskytte sig mod skuffelser er forbi.

Fejler du noget - jeg mener noget med blodtryk eller insulin eller sådan noget?

Nej

Oki

Hun brænder efter at tale om det, der skete. Fortælle ham, at om så han var endt på hospitalet, ville hun have været der for ham, så længe han havde brug for det. At hun i det mindste ville have fulgt ham ind hjemme, og at han ikke havde behøvet at overføre penge til hende for taxa.

Planer for julen?

Ved jeg ikke helt

Plejer familien at samles?

Hun venter på de dansende prikker, der signalerer, at han er i færd med at svare. Der kommer ikke noget.

Pokkers, tænker hun, jeg gik for hurtigt frem igen. Men er det så unormalt at spørge om det? Er alle familier ikke sammen til jul, de heldige, der er flere end to personer?

Ja, ja, der er stadig et stykke tid til
skynder hun sig at tilføje i håb om tilgivelse for det nærgående spørgsmål.

Kommer du tilbage en tur?

Mener du før jul?

Ja, det ville være fint

Det kribler i hendes fingre. Hun har lyst til at rejse i dag, lige nu.

Jeg skal se, om jeg har en fridag en af de kommende uger med weekendvagt.

OK

Du hører fra mig ☺

Hun går ind i tunnelen igen. Den, der lukker andre ude, og hvor kun hun og hendes bror er. Og faren, som hun prøver at indfange i sit sind, holde foran sig, fortælle, spørge, røre, men som glider væk hver gang. Hun kigger på kalenderen i entreen igen, som er markeret med gult for sene vagter og grønt for fridage i løbet af ugen.

KAPITEL 33

Sidste foredrag på denne side af nytår nærmer sig, og derefter er der kun MotiVerket tilbage til at afrunde et godt arbejdsår. Taleeksperten sender ham landet rundt, omsætningen har været god.

Tor mærker et spinkelt håb efterhånden som ugerne går, uden at nogen nævner ungen. Erna har ikke gjort alvor af truslerne om salg og skilsmisse. Kristin og Kjersti holder en stille afstand til ham, men han må væbne sig med tålmodighed og lade tingene ordne sig.

De seneste nætter, når søvnen har konkurreret med et forstyrrende tankemylder, er det billedet af Jørgen, der dukker op. Jørgen som en bro, som vejen tilbage til døtrene og måske til Erna. Svigersønnen har ikke noget med dette at gøre, han tager ikke parti. Det er som en velsignelse, som om Jørgen kom i bytte for Karl og hans kvalmende tilbøjeligheder. Tor gyser ved tanken, vil ikke vide hvad der foregår i sønnens trange hybel i centrum.

Jørgen, Kristin og Kjersti. De er hans livline nu, uanset hvilken vej Erna vælger at tage i sidste ende.

Seminarrummet ligger i hotellets kælder. I et kort sekund tror Tor, at han er gået fejl, da han kommer ned ad trappen og følger den mørke, smalle korridor med pil mod "Nautilus", som mødelokalet skal hedde. Udenfor er der kaffe, frugt, vand og en kurv med kagemænd.

Han går indenfor. Tager de pis på ham? Det bunkerlignende rum uden vinduer giver et fysisk ubehag. Der er lavt til loftet. Han bliver varm i hårgrænsen.

Han får fat i kursusværten, som kommer forbi for at tilslutte projektoren til hans bærbare computer.

– Kan du trække bordet længere tilbage i rummet?

– Hvorfor det?

– Bare gør det.

De sytten borde foran ham er for tæt på, for nærgående, til og med før der er folk i lokalet.

– Ser du, det pædagogiske oplæg, siger han venligt til kursusværten når han får samlet sig, for det skal ikke hedde sig, at MotivaTor har en kort lunte og kommanderer rundt med folk.

De løfter bordet med hans computer og drikkeglasset så langt tilbage mod lærredet som muligt. Han tager en slurk vand.

Ubehaget i kroppen vil ikke give slip.

– Kan du også skrue op for ventilationen, inden folk kommer?

Kursusværten nikker, mumler noget om, at systemet ikke er det bedste.

Kun sytten deltagere. Det bliver krævende at få præsenteret budskabet, hvis det er så intimt, at de fremmødte tror der er lagt op til en hyggelig passiar. Han kan miste flowet. Blive stoppet, udspurgt, afsporet. Han bliver urolig. Kan ikke lide at befinde sig i samme gulvhøjde som publikum. Fra en scene har han mere distance og overblik, kan tale ud mod publikum, ikke med dem.

– Hvis du fjerner bordene, bliver det mindre trangt.

Kursusværten kigger på uret.

– Burde vi ikke snart begynde?

– Jeg kan godt snakke med chefen her og påpege, at de har givet os det dårligste lokale på hele hotellet, siger Tor roligt.

– En opgradering vil ta' længere tid end at få bordene ud.

Han er ikke specielt velforberedt denne gang. Koncentrationen har svigtet, og han har taget et par genveje. I dag har han taget med en memory stick med et foredrag, han tidligere har holdt for en lille industriorganisation længere nordpå. Omtrent samme tema som denne bestilling. Deltagerne kommer langsomt ind og sætter sig på stolene, der er placeret i fire rækker bag i lokalet. Tor skynder sig at skifte forside på præsentationen. Så er introduktionen i det mindste tilpasset dagens kunde, en produktionsvirksomhed, som skal automatisere næsten alle sine arbejdsgange. Da er stand-up ikke nok, da må fremlæggelsen have en oplæringsvinkling.

Tor byder velkommen og nikker venligt til den eneste kvinde i lokalet, HR-chefen, som har booket foredraget. Han fortæller dem, at han i løbet af de næste par timer vil tage dem med gennem fem vigtige trin i forandringsprocesser for virksomheder, som må sadle om, inden det er for sent. Emnet udgør et godt marked for ham i øjeblikket. Som sædvanlig vil han satse på en sikker hest – optimisme og humor – og bidrage med nye refleksioner og et alternativt blik på situationen.

Mens han taler, begynder den lave loftshøjde at gøre ham svimmel. Og pludselig får han kvalme. Han har nok arbejdet for hårdt på det seneste. Den dårlige nattesøvn sætter sine spor i det lange løb.

Han fylder glasset med mere vand fra karaflen og løfter det med skælvende hænder.

Er roen på hjemmefronten stilhed før stormen? Vil de vende sig mod ham for evigt? Får Erna dem over på sin side, næste gang hun angriber ham? Han lukker øjnene. Kristin, Kjersti, Erna, ungen. Jørgen. Ungen, Kristin, Erna. Grete. Karl. Henning. De sidder på en snurrende karrusel og ler af ham, vinker, passerer ham en efter en, mens dyrene, de rider på, bevæger sig op og ned.

Han sveder i det trange rum og støtter sig til bordpladen. Han må falde til ro. Han opmuntrer andre med at minde dem om, at hvis plan A ikke virker, så har alfabetet 29 bogstaver. Han må tage sin egen medicin og tænke positivt. De har brug for ham. Ingen af dem, bortset fra Karl, siger nej til at nyde godt af de fordele, som hans investeringer kaster af sig. De kommer til at være med ham fremover, de skal være med! Ikke spørge, ikke fortælle, ikke gå.

Sytten ansigter sidder foran ham og venter på, at han skal begynde. Sytten modvillige industriarbejdere, der har brug for MotivaTors hjælp til at takle en hverdag med omskoling og forandring. Han tager en dyb indånding.

– I ved – nye begyndelser er ofte forklædt som smertefulde afslutninger!

Tor kigger ud over det trange lokale, kniber øjnene sammen og smiler skævt. Det er andet forsøg på at engagere tilhørerne. Indledningen om behovet for omstrukturering og forandring i samfundet og individets plads i denne udvikling havde kun ført til pinlig tavshed. Et par stykker havde endda himlet med øjnene, han så det tydeligt med den korte afstand til publikum.

Ingen reagerer. De fleste af dem ligger halvvejs ned på stolene med fremstrakte ben og armene over kors. De ser på ham med flade ansigter og venter på, at han skal fortsætte, men han taber tråden. Han har forberedt en kvik og meningsfuld opfølgning til citatet, som han har glemt ophavsmanden til.

Men den manglende respons på den stemning, han har lagt op til, sætter ham helt ud.

– Jeg har ikke brug for en ny begyndelse. Jeg har brug for en fortsættelse, når en maskine overtager mit arbejde, siger en kraftig fyr i midten af lokalet.

Tor har netop fået samlet sig igen og skulle til at tale om forandringsprocesser og de fem vigtige trin, da den beske kommentar falder.

En af arbejderne griner og ser bagover mod fyren, der leverede replikken. Manden ved siden af ham nikker og klapper langsomt med slappe hænder for at bekræfte budskabet. Et par stykker mere begynder at le, en anden råber "netop!", og snart sidder alle sytten halvt grinende, halvt hovedrystende. Mødeplageren, som startede det hele, smiler hånligt med armene over kors foran brystet.

Det brister for Tor.

– Nej, for helvede! Skal jeg stå her og bruge min tid på en flok inkompetente fabriksfolk, der skal ha' alt ind med skeer? Jeg tvivler ikke et sekund på, at robotterne er klogere end jer. Har I nogensinde læst en bog eller tolket en metafor?

Ansigterne foran ham stivner. To af mændene på forreste række kigger usikkert på hinanden, som om de tror, at optrinnet er en del af hans dramaturgi.

– Er I i stand til at levere noget som helst på eget initiativ i stedet for bare at få fortalt, hvad I skal gøre? Har I skabt noget nyt, for egen risiko, sådan som jeg har måttet gøre det hele mit liv? Har I? Måske er det på tide at få røven i gear, jeres job forsvinder fa'en fløjte mig!

Han skælver af angst og vrede. Det går op for ham, hvad han har gang i, mens ordene vælter ud af ham, men han kan ikke stoppe.

– Jeg arbejder alene uden sikkerhedsnet, fagforeninger og slutpakker. Jeg har pantet flasker med pis for at komme til dér, hvor jeg er i dag. Jeg har læst mig ihjel om emner, I knap nok har hørt om.

Han ser HR-chefen rejse sig bag i lokalet, men kan ikke stoppe.

– Der er ikke en kæft, der har takket mig. Ikke så snart jeg har en idé til et byggeprojekt eller en stump vej, før naboer, kommunen, skattevæsenet og Fanden og hans pumpestok er efter mig for at spænde ben. Og så sidder I her og klynker over, at I ikke passer ind i dagens arbejdsmarked! Forventer, at virksomheden ordner det hele, når I ikke selv kan finde ud af det!

Halsen er øm og tør efter det skingre udbrud. Han kører hånden gennem håret, som er vådt af sved.

HR-chefen skynder sig frem og tager ham på armen for at få kontakt, og siger bestyrtet hør her, jeg tror, vi tager en pause nu.

Arbejderne kigger på hinanden, nogle griner, andre ryster på hovedet. Én tager en rød pakke tobak frem og ruller en cigaret, mens overkroppen ryster af latter. Tor ser det hele som et utydeligt maleri med udflydende figurer. Hører kun lyde, kan ikke tyde ordene, bøjer sig forover og klamrer sig til skrivebordet. En sveddråbe falder ned på bordpladen.

Publikum går ud, han sætter sig ned på en stol og lægger hovedet i hænderne.

Han ved ikke, hvordan han skal overkomme at køre de halvtreds kilometer hjem. Katastrofen har overtaget hele hans krop. Han er skiftevis kold og varm, har knap nok kræfter til at holde på rattet. Han klynker som en hund alene i bilen og beder til de højere magter om, at der ikke er nogen hjemme, når han kommer frem.

Men huset er ikke tomt. Erna er der, og Karl. Han har sko på og er heldigvis ved at gå. Sønnen går hurtigt forbi Tor i døråbningen til entréen og hilser næppe hørligt. Erna tager en skraldepose og en lille taske og går ud kort efter. De har åbenbart spist sammen, en tom pizzaæske står tilbage på køkkenbordet, Tor løfter æsken for at smide den i skraldespanden.

Nedenunder, på bordpladen, ligger en iPad.

K A P I T E L 3 4

Una bakker forsigtigt ud fra parkeringspladsen ved lagerhallen uden for Engvik centrum. Denne gang vil hun være uafhængig. Hun har fået løn. Den brugte bil fra Lej Et Lig mere end god nok og har samme garanti som en hvilken som helst ny bil til den dobbelte pris hos de store.

Hun har sikret sig et værelse på et pensionat i Dalen, i tilfælde af at broren også vil møde hende dagen efter. Hun kan nå den sene vagt, hvis hun kører tilbage tidligt om formiddagen.

Nu er det Kalle og hende det drejer sig om. Storebroren vil se hende inden jul, han tog initiativet, ikke hende! Hun skriver til Angie og fortæller hende, at hun tager af sted, og at det kun er Angie, som skal vide det. Hun prøver at skubbe væk en vag mistanke om, at Angie og moren snakker sammen om hende, om det hun er i gang med.

"Forsøg ikke på at stoppe mig," skriver hun.

"Hold mig opdateret!" Angie fuldfører beskeden med et rødt hjerte. Una giver telefonen et tørt kys og lukker øjnene et kort sekund.

"Måske overrasker han mig med en levende før-
julegave, man ved jo aldrig!"

Una tilføjer en smiley.

"Don't hold your breath."

Angie skal altid lægge en dæmper på stemningen,
tænker hun og smiler af veninden.

Una bærer på en barnlig og forventningsfuld følelse
af, at Kalle kan have en overraskelse til hende, selv om
der synes at være en vis afstand mellem ham og faren.
At han har fortalt Tor, hvor stærkt hun ønsker at træffe
ham, at faren stiger ud fra kulissen og omfavner hende,
længe. Det kribler helt ud i fingerspidserne, når hun
tænker på det. Hun har set sådan et møde for sig mange
gange før, men kun med hende og Tor, uden en bifigur
til stede. Kalle er en ren bonus.

Hun tager hen til pensionatet og tjekker ind for ikke
at miste værelset, men tager ikke bagagen med ind i
tilfælde af, at der skal ske noget, som gør, at hun ikke
kan blive. Receptionisten siger ikke noget, hverken da
hun kommer eller går igen, men Una synes, at blikket fra
den ældre kvinde med det skæve ansigt fæster sig på
hende i ubehagelig lang tid.

Hun lader tasken med vandresko blive i bilen, gider
ikke skifte. Godt nok med sneakers, nu kender hun stien,
mest grus.

Hun parkerer bilen på parkeringspladsen i udkanten
af skoven, Kalle ankommer præcis til aftalt tid,
selvfølgelig uden faren, hvad var det hun havde indbildt
sig. Han krammer hende lidt længere denne gang. Det
er i hvert fald sådan, det føles.

Han åbner lågen for hende. De går i takt under høje
grantræer. Luften er fugtig efter de seneste dages regn,
men det skal blive koldt, svarer Kalle, da hun spørger.

– Lidt kedeligt med grøn vinter, vi skulle hellere få noget sne, i hvert fald til jul, prøver hun.

I stedet for at følge op på hendes hjælpeløse forsøg på en dagligdags indledning, fortsætter han fortællingen, hvor han slap sidst de mødtes. De billeder, han skildrede dengang, stoppede med anfaldet, som hun ikke tør spørge ind til, det er, som om han har arbejdet med at male dem færdige for hende. Ordene ruller mekanisk ud af hans mund.

– Når far var hjemme i huset, var de ikke så meget sammen. Mor havde hundene, de skulle under alle omstændigheder ud, men ofte kom hun ikke tilbage, før vi var gået i seng, selv om jeg troede, hun bare skulle gå en kort tur.

– Sagde hun ikke, hvor hun skulle hen?

– Nej, jeg vidste aldrig med sikkerhed, hvor hun var. Hvis ikke hun var med hundene, tog hun bilen og kørte væk. Nogle gange hørte jeg hende og min far tale højt til hinanden, når hun kom tilbage sent om aftenen. Hun sagde, at han kunne passe sig selv.

– Men efter et stykke tid blev det lettere. Hun var mindre væk, og de fik ofte besøg af ham, der hjalp dem med Bygården. Kjersti og jeg blev mindre bange for, om der skulle komme uhyggelige lyde fra stuen om aftenen. Det var mest latter.

Han bliver tavs i et par sekunder, før han fortsætter:

– Jeg kunne godt li' at hjælpe til på byggepladsen, når far var væk, jeg følte mig vigtig. Og mor var næsten altid glad, når ham, som hjalp os, var i nærheden.

Una er utålmodig. Det er ikke en handyman, hun er kommet for at høre om, hun vil høre noget om faren. Hvad de lavede, hvordan det var at have ham omkring sig som barn. Hun vil have en historie, som hun kan leve sig ind i, og som måske afdækker tegn på, at faren forsøgte at fortælle om hende, uden at de forstod det. Hun vil have, at Kalle skal lægge to og to sammen og finde ud af, at faren kan have forsøgt at afsløre hemmeligheden uden at det er gået op for dem. Det er den historie, hun vil have. Og så vil hun høre om, hvad der binder hende og Kalle sammen, hvordan de ligner hinanden, hvor han kan se, at hun slægter ham og søstrene på.

Men det fortæller han ikke om.

Det er krævende at lytte til hans monolog. Det er, som om han ikke er interesseret i hende, i de to, som om han snakker mere til sig selv end til hende. Men hun bryder ikke ind. Må udvise tålmodighed. Nu vil hun høre alt, vide alt, bore så dybt, at der til slut går hul på kernen.

Måske bygger han snart en bro til faren.

– Jeg hjalp ham i Bygården, holdt for ham når han savede, fandt værktøj frem og hjalp med at bære materialer. Han lærte mig ting. Det kunne jeg godt li'.

Kalles vejrtrækning bliver hurtigere, selv om de går på en flad strækning.

– Med sømforklædet om livet, siger hun spørgende.

Han har talt om det før, hvor stolt han var af det professionelle udstyr, han lånte.

– Også det, siger han udtryksløst.

Han gisper svagt for at få vejret, de nærmer sig en bænk, og hun foreslår, at de sætter sig lidt ned. Hun har en mælkechokolade i lommen, tager den frem og river papiret af. Kalle vil ikke have noget.

– Jeg ville helst ha' haft, at mor var i Bygården samtidig med os, men ofte var det bare mig og ham. Han sagde, at han kunne passe på mig, og så tog hun af sted. Når hun kom tilbage, sendte de mig ud eller hjem.

Una prøver at se det for sig. Erna og håndværkeren, tæt sammen i tomme, ufærdige rum med savsmuld på gulvet, og en lille dreng, der forstår det ulovlige i det hele. Hun har vanskeligt ved at danne sig et klart billede af det hele. Hvad gjorde faren, hvor var Tor?

– Mine søstre fik lov at være i fred, de var der aldrig, når jeg var sammen med ham.

– Hvad gjorde de så, siden de ikke var med på byggepladsen?

– Ved det ikke. Jeg var stort set alene overalt. Jeg hjalp ham.

De fik lov at være i fred. Hvad mener han med det? Una er forvirret. Søger Kalles blik, men han ser ned.

– Jeg var der jo for at hjælpe ham.

Han begynder at rokke frem og tilbage på bænken og laver en murrende lyd. En dråbe hænger på næsetippen. Una ser sig omkring, stien er tom, hun hører ingen mennesker i nærheden. Skyerne hænger lavt, der er støvregn i luften.

– Kalle, vi må gå ned til bilen igen. Klarer du det?

Han nikker svagt. De rejser sig, han går foroverbøjet uden at se på hende. De siger ikke noget. Hun holder forsigtigt sin arm under hans, bange for at han skal falde.

Den fugtige luft er blevet kold og bidende, små iskrystaller skinner på asfalten. Den gamle bil starter i første forsøg. Uden at veksle et ord kører de den korte strækning fra skovbrynet til centrum, forbi indkøbscentret, pensionatet og busstationen, gennem en rundkørsel og ind i hans gade. Hun finder ikke noget sted at parkere bilen uden for ejendommen og kører videre til en parkeringsplads, hvor det er tilladt at parkere i to timer ad gangen. Minder sig selv om, at hun skal fylde på parkometeret, hvis hun bliver.

Han går på fortovet uden hjælp, stadig foroverbøjet. Hånden ryster, da han skal lede efter nøglen, han roder febrilsk i alle bukse- og jakkelommer. Hun insisterer på at følge ham ind, siger at hun skal sørge for, at han slapper lidt af.

Hun går bag ham op ad trapperne, han løfter langsomt fødderne for hvert trin. For første gang skal hun ind i hans lejlighed. Se, føle og mærke lugten af hans liv. Storebrors hjem. Måske er der også en flig af Tor. Noget som minder om at han findes.

Hoveddøren åbner direkte ind til den lille stue. Et par overskabe, et lille komfur og et køleskab i et hjørne af rummet udgør et sparsomt køkken uden bord. Der er ingen billeder på væggene. Hessiantapetet er spartlet i sammenføjningerne, men mangler maling. Der ligger en lille stak bøger på en skammel ved siden af teaksofabordet. Det ser gammelt ud med runde mærker fra våde glas på overfladen, måske har han arvet det. Døren til soveværelset står halvvejs åben. Lejligheden er kold, han gør ikke noget for at hæve temperaturen, tilbyder hende ikke noget. De sætter sig i sofaen. Han stirrer lige ud i luften, han stønner ikke længere, men trækker stadig vejret tungt. Hun spørger, om han vil ligge ned, hun kan flytte sig.

Han ser på hende med et blik, hun genkender. Lena i værelse 309.

Hun ombestemmer sig, flytter sig ikke, men tager en pude og lægger den i skødet. Hun signalerer, at han kan lægge sig ned, ligesom Angie lod hende lægge sig ned, da hun havde brug for trøst. Han lægger sig kejtet ned med hovedet på puden, stadig uden en lyd. Hun stryger ham forsigtigt over det mørke hår. Den pludselige intimitet føles overvældende.

Spørg ikke, siger hun til sig selv. Ikke nu.

Han lukker øjnene, og hovedet hviler tungere på puden. Ansigtet ser blødere ud. Stadig uden at se på hende åbner han munden for at sige noget – et par gange uden at der kommer lyd – men til sidst hvisker han.

– Far ved, at vi mødes.

– What?

Hun kan ikke skjule den panik, der griber hende i et splitsekund. Er han ved at bygge en bro nu? Kommer faren frem fra kulisserne, som hun har drømt om?

Kalle trækker vejret gennem næsen.

– Han fandt ud af det, så det på Messenger.

– Har han adgang til den?

Hendes stemme går i falset.

– Jeg tog hjem til dem, til mor, glemte min iPad. Han så, at der kom en besked fra dig, og så gik han ind i hele samtalen. Sendte mig en besked.

– Hvad ... skrev han?

Hun kniber øjnene sammen og gør sig klar til at modtage svaret.

– At jeg skal holde mig langt væk fra dig, passe mine egne sager og holde kæft om dig.

Han remser det op, som om faren havde givet ham en indkøbsliste.

– Og du ... hvad svarede du?

– Har ikke svaret.

– Shit. Undskyld.

– Ikke din skyld, at du eksisterer.

KAPITEL 35

Kvalmen har ikke sluppet sit tag i Tor siden han kom hjem og mødte Erna i døren. Rygtet om hændelsen i Nautilus kommer til at sprede sig. Han har ingen beskyttelse, som en almindelig arbejdstager ville have, hvis han pludselig blev syg eller fik et sammenbrud. Folk kommer til at snakke. Hans Facebook-side, ting vil havne der, svine hans navn til, hvirvle op stinkende bundfald fra det krystalklare vand, som hans profil spejler sig i.

Han er nødt til at handle.

Ungen. Una. Den voksne kvinde sydfra er allerede gået for langt, der er ingen vej tilbage. Tor har læst alt på iPad'en. Hun og Karl, aftalen, sammen nu, i dag.

Han formåede at lægge låg på i lang tid, men nu er det hele kogt over som et vulkanudbrud fuldstændig ude af kontrol. En ulmende forbandelse har ligget over ham siden det fatale møde med Grete. Han var svag i den periode. Hun forførte ham og tog for sig, indtil krisen var et faktum. Han havde gjort, hvad han kunne for ungen, så længe det var muligt. På dyrtkøbt nåde fra Erna og under Gretes overvågning.

I sidste ende var det umuligt. Grete ville alligevel ikke høre på ham.

– Du skal tænke på, hvad det gør med hende, at du bare sådan forsvinder. Hun har lavet tegninger til dig, fortalt i klassen, at du skal komme og ta' hende med på tur igen. Du er nødt til i det mindste at tale med hende.

– Det er hende selv, der driver mig til det!

Grete ville ikke høre.

– Hvad skal jeg sige til hende, synes du? At hendes far er bange for hende?

– Sig at du ikke ved, hvornår jeg kommer. Efter et stykke tid vænner hun sig til det. Jeg har ikke sagt, at jeg vil holde op med at betale.

Han havde haft ti år tilbage med månedlige indbetalinger. Og selvfølgelig lidt ekstra til konfirmationen.

– Det er ikke penge, hun har brug for.

Han kan stadig mærke kulden i Gretes stemme, den utaknemmelige, nedladende moraliseren. Og nu er ungen hos Karl. Han må ikke trække hende ind i den forskruede verden, han lever i. Tor er faren, hun tilhører ham. Ikke Karl.

Erna er ikke vendt tilbage, siden hun fór ud ad døren med affald og taske. Hos Kristin og Jørgen nogle dage, som hun svarede kort og koldt, da han til sidst blev tvunget til at sende en besked og spørge, hvor hun var. Denne ydmygelse i sig selv fortæller ham, hvad han har i vente. Hun samler krudt, sikrer sig allierede, danner en fortrop af fodsoldater, der skal tvinge ham ned på knæ, marchere bag ham, mens han kryber helt frem til kanten. De vil tvinge ham til at se ned, til han mærker suget fra afgrunden, give ham lyst til at springe. Og så, lige før han bukker under for den kraft, der drager ham ned, trækker de ham i nakkehårene tilbage til sikker grund. Klemmer hans ansigt med en hånd, mens de fremtvinger indrømmelser fra ham om, hvordan det hele skal fungere fremover.

Om et par timer skal det blive mørkt igen. Blive lige så sort, som det var sidste nat, da han gik hvileløst frem og tilbage mellem stuen og køkkenet, noterede stikord på kanten af en avis. Ting han kom på, virkemidler, løsninger, ord, der forsvandt lige så hurtigt, som de kom, hvis ikke han skrev dem ned. Han har taget avisen frem igen, kastet den fra sig, samlet den op på ny. Ordene med hans håndskrift giver mindre mening nu, hvor det er lyst, men noget af det klarer han at tyde.

Når han lægger sig ned for at indhente den manglende søvn, slår glimtvise billeder ned som små lyn bag øjenlågene. Nautilus i går. Han bliver suget tilbage i det trange lokale, væggene kommer imod ham. Lydene giver ekko, industriarbejdernes smågrineri bliver til høj hånlatter, der snerrer ad ham med spidse tænder. Sveden strømmer ned ad hans rystende håndflader, også i hårbunden er der vådt. Han vrider overkroppen, men kommer ikke fri af det stramme greb om brystkassen. Han krænger skjorten af, knæene bærer ham med nød og næppe op ad trappen til badeværelset, hvor han bøjer hovedet over toiletkummen.

Han tager et brusebad, hans venstre hæl glider på fliserne, han griber fat i blandingsbatteriet for at holde balancen. Lader vandet falde ned i ansigtet, sluger noget af det, hører et hjælpeløst hyl presse sig op fra mellemgulvet.

Da han kommer til sig selv på badeværelsesgulvet, ryster han af kulde. Vakler op på benene og tager et håndklæde ned fra hylden.

Det kinesiske tegn for krise er sammensat af tegnene for fare og mulighed. Blandet med den brusende susen i ørene fortæller en stemme ham, at det er nu.

Det er nu han må ændre alt.

KAPITEL 36

Una fortsætter med at stryge broren over håret. Han
tager imod.

– Men det, at jeg eksisterer, selv om det ikke er min
skyld, som du siger ... hvad tænker du om det hele, nu
hvor vi er sammen?

Hun er dels nysgerrig, dels bange for, hvad han vil
svare. Han lukker øjnene. Sveddråber pibler frem på
hans pande.

– Bare far ikke blander sig.

Han åbner øjnene og ser på hende.

– Hvad mener du?

Una er ude af stand til at tolke ham, irriterer sig over
de små stumper af ord og mening, som han slipper ud,
og som hænger svævende i luften.

– Han kan ikke udstå mig, det kommer aldrig til at gå.
Han takler ikke, at jeg er ...

Kalle kigger tomt til siden. Stilheden går hende på
nerverne.

– Hvis vi står sammen, er fælles om at møde ham, så
ser han måske se anderledes på det? Når han vænner sig
til tanken om mig, om os?

Det er bare tålmodighed, der skal til, tænker Una. At Tor ved at de har kontakt, kan være det første skridt på broen mellem dem. Faren må bare få tid til at vænne sig til tanken. Hun har tid, har allerede ventet i mange år.

Hun må være forberedt på det første møde, hvordan hun skal opføre sig. Tilbageholdende og afventende, eller initiativrig og omfavnende? Følsom og sart, eller den stolte og selvstændige person, som Angie har lært hende at være, når situationen kræver det? Hun har indøvet alle rollerne, men ved ikke, hvad der passer nu, hvad der er rigtigt for at møde faren, hvor han befinder sig.

– Hold op med at drømme. Han har sine meninger om sådan nogle som mig.

Kalles stemme er mørk og monoton.

– Hvad mener han da?

– Ækle. At jeg er ækel.

Kroppen begynder at skælve igen, han lægger håndryggen på panden og lukker øjnene. For enden af sofaen ligger et mørkegrønt tæppe, hun trækker det frem og lægger det over ham.

De svævende ord, det Kalle prøver at fortælle, hun vil sige, at hun ser og forstår, og at det er helt OK, han er, som han er.

– Du er hans søn. Selvfølgelig tænker han ikke sådan.

–   De skjuler ... så meget, Una. Jeg gjorde alting forkert, jeg skulle aldrig ha' hjulpet ham.

– Hvem skulle du ikke ha' hjulpet?

Una hvisker, har ikke længere kontrol over stemmen.

– Håndværkeren du snakkede om?

Hun mærker Kalles krop stivne, hans ansigt bliver hvidt, og det låser sig som i krampe, hun har set det samme på klinikken. Hun lægger langfingeren over pulsåren på hans håndled, det banker hurtigt. Hun prøver at tælle og kigger forsigtigt ned på sekundviseren på sit armbåndsur.

– Ti stille, Una, siger hun uhørligt til sig selv.

KAPITEL 37

Tor lægger billedet af sig selv og den lille pige ned på passagersædet, det er glattet ud, så godt det lod sig gøre. Kroppen ryster stadig. For at ramme hullet med tændingsnøglen, må han holde højre underarm fast med venstrehånden. Han stønner, og to dråber falder ned på armen, idet han kæmper for at kontrollere sine bevægelser. Der danner sig en våd stribe på huden, når han stryger håndryggen under næsen. Bilen starter med et ryk og går ud igen. Anden gang han prøver, sætter han fodsålen godt fast, når han trykker på den venstre pedal.

Det iskolde rat sender kuldegysninger fra fingrene gennem hans krop. Det dugger på ruden, han tørrer indersiden af med en grå klud, som ligger i lommen på døren. Han stiller ventilationsanlægget på fuld styrke. Pludselig bobler der en latter frem i ham, en krampe dybt nede i maven danner en latter, som går over i små klynk. Med en hånd på rattet ringer han til Kristin. Slukket eller uden for rækkevidde. Han indtaster nummeret igen. Han taler i munden på telefonsvareren, før pibetonen kommer.

– Kristin, hør her ... I skal få lejligheden gratis! Også Kjersti ... jeg skal nok ordne det. Det var for at beskytte jer, den pige, jeg kunne ikke afvise, hun var lille ... Kalle ... han er ikke ... han lyver, hvis han siger –

Et bip signalerer, at optagelsen er afsluttet, men han fortsætter.

– Jeg har arbejdet ... mor ville ikke ha' noget med mig at gøre, kun de to ... dem og hundene, jeg kunne ikke stoppe det, fik ikke lov, det er ikke kun mig, hun har også –

Lysene fra en bil kommer lige imod ham, en gennemtrængende advarsel fra et bilhorn får ham til at kaste bilen over i højre vognbane igen, det sortner for øjnene i et sekund. Han smider telefonen over på passagersædet, billedet havner nedenunder.

KAPITEL 38

Una er ikke længere stresset over tavsheden mellem hende og broren. Hans ansigt ser mere afslappet ud, vejrtrækningen er mere rolig, og hans hoved hviler tungt på puden i hendes skød. De små støn, der hakkede gennem ordene, når han talte, er væk, nu hvor han er stille.

Hun ser ned på ham, studerer hans ansigtstræk nærmere. De ligner nogle af dem, hun ser i spejlet, men hun kan ikke helt skelne mellem dem. Ja, måske det med hagen, som Kalle selv sagde. Han ligner også faren, som hun husker ham fra dengang, de var sammen. Faren er mere rund nu, hagen og kinderne er krøbet nedad, hans skuldre også. Kalles ansigt er stadig ungt og glat, med spredte skægstubbe, som kan have brugt et par dage på at vokse frem. Hans fingre er lange og kraftige, neglen på hans højre tommelfinger er blå. Huden på knoerne ser tør og sprukken ud på grund af alle de kartoner, han løfter på lageret, hvor han arbejder. Det tørre materiale slider på hænderne. Det sagde han dengang han fortalte, hvad han arbejdede med – og at lagerchefen skælder ham ud, fordi han ikke bruger arbejdshandsker. Una tænker på morens håndcreme med lavendel. Mon han havde kunnet lide duften?

– Hvad er det bedste, du kan huske, fra da du var lille?

Una mærker, at hun taler med sin opmærksomme stemme, den stemme hun bruger, når hun vil nå ind til Lena.

Han kigger op på hende. Smiler med lukket mund og ser ud til at tænke sig om.

– Jeg ved ikke ... eller ... jeg kunne bedst li', når alle var sammen, uden at vi foretog os noget særligt. Når mor og far grinede af det samme, selv om jeg ikke altid forstod, hvad der var sjovt.

– God stemning?

– Ja, noget i den retning. En slags sammenhold.

Kalle lukker øjnene.

– Og da pigerne blev født, det var fantastisk. Mor og far sørgede for, at jeg også fik opmærksomhed og små gaver, selv om jeg var den ældste. Det var sjovt at blive storebror.

Una mærker et nyt strejf af misundelse.

– Var I nogensinde i dyreparken? spørger hun.

– Dyreparken? Nej ... det var nok blevet for dyrt. Vi rejste næsten aldrig væk.

Han bliver tavs. En, to, tre, fire, fem, tæller Una.

– Kom du i dyreparken?

– En gang, siger hun med lav stemme.

Kalle vrider sin krop, men bliver liggende. Han har små svedperler på panden.

– Hvad med dig, hvad kunne du bedst li'?

Hans stemme er mat, men han møder hendes blik med et spørgende udtryk.

– At være sammen med Angie, siger Una.

– Og med hendes familie. Og da jeg fik hund.

Hun sukker. Gode gamle Balder, som hun snart må give slip på.

– Det er hyggeligt med en hund.

– Ja, jeg er meget glad for ham. – Og så elskede jeg at få far på besøg.

Dumme Una, tænker hun, idet ordene glider ud af munden på hende. Hun ser ned på Kalle.

– Ja, det … han sukker og drejer hovedet til siden.

Hun hører fodtrin i trappeopgangen. Kalle er blevet stille igen, og pulsåren i hans hals banker langsomt. Hun har gjort det igen. De tankeløse ord, der popper ud af hende. Den konstante søgen efter en indgang til at udforske mere om faren, at få alt til at handle om ham og hende.

Hun stryger forsigtigt broren over håret. Er det normalt at være fysisk sammen med søskende på denne måde? Hun famler med at forstå meningen med de kærtegn, hun giver ham. De svarer til den omsorg, hun ville give en kæreste eller en nær ven. Ville Angie lade sin bror ligge i skødet på hende? Har Kalle overgivet sig til hendes favntag, netop fordi han ikke ser hende som en søster?

Una kæmper for at fuldføre den tankerække, hun har startet.

Med øjnene fæstnet på Kalles profil mærker hun noget bevæge sig ved indgangspartiet. Døren glider langsomt op. Hun kigger op og ser Tor stå i åbningen med den ene fod inden for dørtrinnet. Han stirrer på hende.

- Lyt ikke til ham!

Faren strækker armen ud og holder hånden op som en betjent, der giver stopordre i lovens navn.

– Gå! stønner Kalle og trækker det grønne tæppe over ansigtet. Uden at tænke over det bøjer Una sig beskyttende over ham, som om hun har et barn i skødet.

– Du skal ikke tro på hans skrøner, Una. Han er skør i hovedet!

Tors stemme runger i det trange rum. Una ser sig omkring, det nytter ikke at rejse sig, de kan ikke komme nogen vegne.

– Hvorfor kommer du?

Ordene skyder ud af hende, før hun når at tænke over det. Hun kan næsten ikke tro det. Alt det, hun har ventet på at sige til ham, de magiske sekunder, hun har længtes efter, det, hun har øvet sig på, ordene om tilgivelse og forsoning, savn og forståelse. Alt det, hun har på sin liste i drømmen om mødet med faren, og så er det her det første, hun siger.

– Du kan komme med mig, vi kan være sammen nu!

Hans brede og insisterende smil minder om en præst, hun har set på tv.

– Jeg ved, du har savnet mig, men de ville ikke lade os være sammen, Una.

Han tager et skridt ind i rummet.

Det føles, som om hver eneste muskel i kroppen smelter. Kalle klynker i hendes skød, vender ansigtet mod hende, væk fra faren.

– Hvem?

Hun er ved at miste kontrollen over stemmen og siger til sig selv, at hun ikke må råbe til ham.

– Alle. De gjorde det umuligt for os! Grete, Erna, mine børn. Jeg kunne ikke gi' dig alt det, du bad om. Du sku' bare vide, hvor meget jeg har betalt for dig i alle de år uden at kunne træffe dig.

– Jeg var en lille pige.

Han lader ikke til at høre hende. Hans blik flakker frem og tilbage.

– Der var ingen, som forstod, hvor svært det var for mig. De andre. Pligterne. Men nu er det os to!

– Det må vi tale om en anden gang.

Hun formår ikke at lyde så bestemt, som hun føler, at situationen kræver. Endnu et støn kommer fra Kalle, hun holder yderligere fast om broren og vugger ham med små, lette bevægelser. Tor virker ude af stand til at opfatte, hvad hun siger.

– Jeg har plads til dig. I min bygård ... billigt! Nu er det min tur. Vores tur, Una!

Una forsøger at skærpe sine sanser i det trange rum. Lugter der af alkohol? Hun mærker ikke noget.

Kalles overkrop ryster under tæppet. Faren ignorerer ham.

– Kom nu, Una!

Han rækker armen ud, hans øjne er vidt åbne. Han vinker hende hen til sig med hånden. Det pibler af sved på overlæben. I et kort øjeblik bliver Una datteren i dyreparken, før hun kastes tilbage i det trange rum med det umalede hessiantapet.

– Jeg har så meget at fortælle dig! Jeg ved, du har længtes efter mig. Ikke hør på Karl. Du kan ikke stole på sådan nogle som ham.

Tors brystkasse hæver sig op og ned, han har tørt spyt i mundvigene. Han står stadig foran hoveddøren. Hans tunge krop fylder op i rummet, Kalle er som en sammenkrøllet kaninunge sammenlignet med ham. Selv er hun kraftesløs. Koncentrerer sig om at sænke skuldrene, få stemmen under kontrol.

– Ja, jeg kommer, far.

Hun taler blidt til faren og løfter Kalles hoved væk fra skødet. Hun lægger puden mod armlænet og fører forsigtigt brorens overkrop henover.

Der kommer et støn fra Tor, han bøjer hurtigt hovedet ned og tager sig til ansigtet, før han retter sig op og strækker armene ud mod hende. Hun rejser sig langsomt op.

– Jeg skal bare køre Kalle på skadestuen først. Han har koldsved, må ha' fået en virus.

Tor retter sig op igen, og hans ansigt bliver mørkt.

– Karl lyver, han spiller bare!

– Kom, Kalle.

Hun napper i brorens ærme og nikker for at signalere, at han skal rejse sig. Han ser forvirret på hende.

– Jeg er snart tilbage, siger hun med en lys stemme til faren, mens hun tager sin og brorens frakker ned fra knagerne på væggen.

– Eller du har måske lyst til at komme med?

– Aldrig i livet. Han fejler ikke noget. Du skal ikke tro på, hvad han siger!

Tor holder en hånd på hver side af døråbningen.

– Vi tager en tur derhen for en sikkerheds skyld.

Hun smiler og ser venligt på ham.

– Bare vent her, så snakker vi sammen bagefter, siger hun så blidt, som hun kan.

Sveden fra Kalles hånd blander sig med hendes egen, når hun hurtigt trækker ham med sig. Hun skubber skoene over til ham med foden. Tor står midt i døren og ser vantro ud. De presser sig forbi ham, hun skubber lydløst Kalle frem foran sig. Tor griber hårdt fat i hendes underarm, idet hun er går forbi, trækker et krøllet billede op af jakkelommen og holder det op foran hendes ansigt. På billedet sidder en yngre, smilende Tor med en lille kjoleklædt pige på skødet, hun holder en gul bamse og kigger til siden. Una vrider vægten af armen mod det svageste led, tommelfingeren, som hun gør, når patienter i frygt og angst går løs på hende. Samtidig med at Tor bliver tvunget til at give slip, ser hun Kalle vakle ned ad trappen. Hun løber ned og når ham igen.

De småløber mod totimers-parkeringen. Kalle slæber fødderne efter sig. Hun åbner bildøren og skubber ham ind på passagersædet. Lige før hun lukker døren efter ham, kommer Tor imod dem. Hun skynder sig over til chaufførsiden og smyger sig ind på sædet.

– Lås din dør, Kalle.

– Jeg tror ikke, jeg behøver komme på skadestuen, siger broren spagt.

– Det skal du heller ikke.

De svinger ud fra parkeringspladsen, hun tænder for vinduesviskeren til bagruden. En grå Volvo kører ud bag dem.

– Hvilken slags bil har Tor?

– Han har ... Kalle kigger i sidespejlet. – Fandens osse.

Han fortæller hende hvad der er den korteste vej ud af den undseelige by. Hun har googlet byen utallige gange. Tors rige, Una den ensommes forbudte Mekka. Hun ligger over hastighedsgrænsen for tætbefolkede områder, træder hårdt på speederen på en sidevej med fartbump. Undervognen på den godt brugte lejebil slår hårdt ned mod forhøjningen i asfalten. Kalles krop bølger som gelé med bilens bevægelser, hun hvisker "undskyld", men sætter ikke farten ned. Der er et lyskryds i hver ende af hovedgaden, resten er rundkørsler. De må stoppe for rødt. Una ser den grå Volvo i køen, der er kun to biler mellem dem. Hun siger ikke noget til Kalle, som sidder med lukkede øjne.

De kommer ind på en lige strækning med højere fartgrænse. Hun bruger ikke overhalingsbanen, holder sig mellem to biler, der kører med jævn hastighed.

– Hvordan går det, Kalle?

Han svarer ikke. Hun kigger hurtigt til siden med begge hænder på rattet.

– Kalle?

Broren sidder med halvt åben mund og ser ud til at forsvinde ind i sig selv. Det er, som om han ikke ved, at hun er der.

Hun gør sin stemme skarp og tydelig.

– Kalle. Da du var alene i Bygården med manden, som arbejdede der, gjorde han så andre ting end at lære dig at snedkerere?

– Ja.

– Hvad gjorde han?

– Spurgte, om jeg kunne hjælpe ham med forskellige ting.

– Gjorde det ondt at hjælpe ham?

– Ja.

KAPITEL 39

Han må passe på farten, men må holde sig så tæt på dem, at de ikke forsvinder. Billedet, som Erna fandt dengang, ligger igen på passagersædet. Una havde ikke kigget ordentligt på det, han skal vise hende det, fortælle hvor glad hun var for bamsen. Og for dukkehuset, det var dyrt og flot, hun strålede af taknemmelighed, da hun rev papiret af den store pakke. Tor vil spørge, om hun kan huske det, om hun gemmer det til sine egne børn, hans børnebørn.

Når bare han når frem til hende, når de er sammen, skal han forklare. Hun skal få alt at vide om dem, som har stoppet ham, hindret ham, forsøgt at ødelægge for ham. Hun kommer til at forstå det. Forstå det med Karl, at han er unormal, ikke til at stole på. Hun skal møde Jørgen, han kan blive som en bror for hende, og efterhånden vil Kristin tolerere hende. Jørgen og Kristin kan invitere hende til Bygården, når de flytter ind, hun kan også bo der. Sammen med dem.

Det haster. Erna mobiliserer fortroppen, Tor skal få fat i dem med det nye, med det han har besluttet, han har læst notaterne på avissiden fra i går aftes. Hans egne stikord til vendepunktet, offentliggørelsen. Una og ham, foredrag, en unik historie om savn og afkald. Tærskler, modgang, tilgivelse. Han har ikke nummeret til journalisten i Plusstid, kun mailadresse, kan sende en besked til hende, ny vinkel, træde frem. Bjørnstjerne Bjørnson, en familie, der holder sammen, er uovervindelig!

Kristins telefon svarer igen med en pibelyd.

– Kristin, tag telefonen, du må forstå, mor vil bare straffe mig! Det var lige så meget hendes skyld, hvis hun havde bekymret sig mere om mig, om os, været lidt mere ... Hun vil bare forsørges, jeg måtte ... ting skete med hende den anden, fordi, fordi hun var god mod mig, forstår du, interessant og – Erna bærer også sin del, hun har også haft gang i ... vi kom igennem det sammen, vi kom videre, sådan er det, livet, vi klarede meget sammen efter det med ungen! I har fået alt i hænderne, I har kun brug for os, vi besluttede os –

Pibelyden, der stopper optagelsen, melder sig.

Han ligger stadig to biler bag datterens gamle vrag. Fikserer blikket på hendes venstre baglygte, er parat, hvis bilen pludselig trækker ud til siden og kører forbi rækken foran.

Alt det, han har udholdt, alt det, de har klaret sammen, Erna og ham, på trods af det, der skete. Det er faktisk muligt at træffe en beslutning, skal han hilse og sige. Stå sammen, stå i det, vokse sammen! Mange kan lære af det, det er et tema for et helt foredrag.

Erna, den bedrageriske løgnhals. Nu vender hun dem mod ham.

Han prøver Kjerstis nummer igen. Hun svarer med en standardbesked på sms. "Kan ikke tale nu." Ikke "ringer tilbage", næh nej! Tor smider telefonen fra sig, tilbage i sædet.

Erna er sandsynligvis godt i gang med sin angrebsplan. Opstilling før marchordren.

Han ser, at benzintanken næsten er tom, forbander at han ikke tankede i går.

KAPITEL 40

Una ser på klokken. Færgen afgår hver halve time. Hun lægger sig i venstre vognbane, kører forbi to biler. Ser pludselig i bakspejlet, at en anden bil lægger sig i samme bane og indhenter dem. Hun kaster sig ind mod højre igen og træder utålmodigt på speederen, lidt for tæt på den forankørende. Kalle siger ingenting.

Efter de har passeret en tankstation, er der ingen biler bag dem længere, hun sænker skuldrene. Et skilt fortæller, at der er kort vej til færgelejet. Vejen bliver smallere, to biler kan knapt mødes i bredden. Hun lægger bilen tæt på vejkanten, strækker hovedet frem, når de nærmer sig sving. Sætter farten op, så snart vejen går ret frem. Så breder asfalten sig ud mod højre, med hvide streger og inddeling i kolonner og med gule, aflange skilte hængende i luften. En færge her, en anden færge der. Vigtigt at stille sig i den rigtige kø.

Hun slukker motoren, hviler hovedet på nakkepuden og ser på Kalle. Han er stadig bleg.

Der ligger en lille kiosk fremme ved bommen til færgen.

– Skal jeg gå ud og købe noget at drikke til dig? En cola?

– Vand, hvisker han.

Hun sender ham et opmuntrende blik og åbner døren, mærker at hun også er tørstig.

Da hun stiger ud af bilen, ser hun den grå Volvo køre langsomt ind mellem de hvidmalede striber bagerst i køen. Hun skynder sig ind igen.

– Vi er nødt til at køre rundt om fjorden.

Følelsen af, at hun må væk fra Tor, flår i hende. Indtil nu har alt for hende handlet om at møde ham. Men hun har brug for en anden Tor end den, hun ser, end den, Kalle fortæller om. Hun har brug for den Tor, hun husker, fra da hun var lille. Eller den, hun troede, hun huskede. Og nu har hun brug for at være et helt andet sted, med Kalle.

Der er meget lidt plads mellem hende og bilerne foran og bagved. Hun må kæmpe for at komme ud af køen, kører frem og tilbage i små vendinger, indtil fronten peger i den rigtige retning. Heldigvis er køen ved siden af endnu ikke fyldt op bagover, så hun kan trække ud til siden. Hun vender bilen og kører tilbage til vejen. Forsøger at skjule ansigtet med armen lænet mod ruden, da de kører forbi Tor, som er i færd med at tage sikkerhedsselen af.

Der er ikke længere nogen bag dem. Hun føler sig mere rolig, mindre hård med speederen nu. De kører langs fjorden, biler og busser kommer imod dem, vejen er snoet og smal. Hun bruger vejens mødepladser til at lade andre bilister, der har mere travlt end dem, slippe forbi. Novembermørket breder sig trygt over dem, og naturen udenfor bliver mindre tydelig. Fjorden ligger som et smalt, sort tæppe langs vejen.

– Han sagde, at jeg aldrig måtte fortælle det til nogen, siger Kalle stille.

– Har du gjort det?

– Nej, ikke før nu.

Hun er lamslået. Kigger til siden og forsøger at møde hans blik, men han kigger lige ned.

– Hvornår skete det?

– Ofte.

– Åh gud, Kalle!

En fodgænger med refleks trasker med en hund på det smalle stykke mellem den hvide stribe og de store lodretstående sten i vejkanten, som er sidste stop før den kolde, mørke fjord. Hun bremser ned og svinger ud på vejen, idet en bil kommer imod hende som blinker hidsigt med lygterne. Hold kæft, råber hun tilbage.

– Men du behøvede ikke at høre på ham, du skulle da ha' sagt det til dine forældre!

– De fandt selv ud af det.

– Hvad mener du?

– Far kom op ad stigen. Han så det.

Nu smelter hendes muskler igen, Una klamrer sig til rattet.

– Og så ... blev han taget?

Kalle kigger tomt frem for sig.

Du skal ikke stille flere spørgsmål, siger Una til sig selv.

– Der var ingen at ta'. Far sagde, det var min egen skyld.

– Din skyld?

– Han sagde, at jeg havde gået rundt om benene på Henning bare for at få hans opmærksomhed. At en fyr, der suttede pik, ikke kunne være hans søn.

– Du var jo et barn!

– Der skete i al fald ikke mere.

– Men politiet ...

– Politiet hos familien Høyseth?

Kalle ler svagt, før hun opdager, at hans mund er tyk af spyt, som bobler, når han trækker vejret.

– Din mor da. Hun må ha' været bekymret for dig?

– Hun var rasende på far og på mig. Ham fyren forsvandt, og de foretog sig ikke noget sammen i lang tid efter.

Una kæmper for at forstå, hvad han siger. Hans ord er utydelige, han presser dem ud i en grødet, sammenhængende stime.

– Hun sagde, at hvis det ikke havde været for mig, ville hun stadig ha' haft et liv.

En bil kommer til syne tæt bag dem. Den blinker med lygterne.

KAPITEL 41

Kattens leg med musen, dåseskjul, Tor er med, han kan det der! Men legen er anderledes end før, nu er det ham, der har kontrollen. Han har ikke tænkt sig at stå og tælle, indtil alle er stukket af. Leif, Olai og Arne, de troede, de vandt, snød ham, men se, hvem der endte med at komme længst her i livet! Han vil fortælle hende, at nu er hun musen, og han er katten, men når legen er forbi, og de puster ud, når hun omfavner ham og ler, så skal hun få at se! De kan lave en ny slutning, blive uovervindelige, Bravometeret, sprænge skalaen!

Karl er sammen med hende i bilen, det er forkert, de skal ikke være sammen. Karl med de vidt åbne øjne. Karl med den gabende mund og fingrene fra en voksen hånd viklet ind i håret. Med fødder, som vakler væk og tripper ned ad træstigen til anden sal, videre ned ad trappen til første og ud i aftenmørket. Karl, som lod de to mænd stå tilbage i det mørke rum til et tavst opgør i en kogende pøl af hån, skam og raseri. Drengen, som ordløs og spøgelsesagtig strejfede rundt om ham og Erna, ransagende med sine mørke øjne. Det blik, der næsten drev dem til vanvid. Una må ikke tro på, hvad han siger, der har altid været noget sygt ved ham.

Tor skifter gear uden at træde koblingen helt i bund, motoren skurrer, han prøver igen, det giver et ryk i bilen, før han finder gliddet igen. Der er damp på indersiden af forruden, han sætter blæseren på fuld styrke. Han er kun timer fra at kunne ændre alt, de er næsten færdige med legen. Snart skal hun få at vide og se, hvem han er. Erna siger, at det hele er hans skyld. Det er ikke sandt! Una må forstå det, børnene, Erna, de må forstå det. Det er ret almindeligt, 60 procent af alle mænd har han læst, han er bare en mand. Afsløringen, han var uheldig, de fleste slipper godt fra det, han kan ikke gøre for det med ungen. Burde vi ikke i stedet fejre livet, et velskabt væsen, er det noget at straffe ham for?

Karl. Fandme nej, om han skal få hende.

KAPITEL 42

Kalle trækker vejret tungt med åben mund. Una kigger så langt frem, hun kan, på den snoede vej. Et tyndt lag af underafkølet regn blinker på asfalten. Kalle sidder uroligt i sædet, som om han er i sin egen verden. Han vrider sig og sukker, sikkerhedsselen ruller op i ærmegabet da han trykker ned fæstet, og tager fat i dørhåndtaget.

– Du kan falde ud!

– Jeg skal kaste op.

– Kan ikke stoppe her, det er umuligt at komme forbi os.

Hun strækker sin højre arm bagud, griber plastikposen med vandreskoene, holder den på hovedet, så indholdet falder ud på gulvet foran bagsædet.

– Brug den her.

Farens bil ligger så tæt bag dem, at hun ikke tør sætte farten ned. Hvis nogen kommer imod dem nu, er det hele forbi. I så fald håber hun, at det vil gå hurtigt. Kalle er begyndt at vugge frem og tilbage, ligesom dengang på bænken, han har skum i mundvigene.

På den anden side af en nybygget tunnel, udrustet med telefoner og brandudstyr, er vejen oplyst af lygter fra høje stolper. For hver stolpe skinner det hvide lys ind i bilen, og hun får et glimt af Kalles stive ansigt. Han holder posen foran sig.

Telefonen vibrerer i venstre jakkelomme. Hun vrider den ud og kigger på displayet. Angie, åh Angie! Hun presser tommelfingeren mod den grønne knap.

– Vent, vent, vent, Angie, hvisker hun hurtigt og trykker på rødt.

Hun hører broren brække sig.

Telefonen vibrerer kort igen, sms denne gang.

"Hvad sker der?"

Hun lægger den fra sig i dørlommen, mens hun stirrer ret frem på vejen.

Foran dem ligger en lige strækning. Nu har de lidt forspring igen, bakspejlet viser en tom kørebane bag bilen. Hun kaster et blik over mod Kalle. Der er indhold i bunden af posen, hun vil standse og smide den væk, smide bræk, frygt og foragt ud i fjorden. Hun vil fortrænge sandheden om det, hun drømte om og længtes efter. Hun vil have det tilbage. Hun vil erstatte Kalle og brækposen med det sitrende kick efter at søge, forestille sig, vente, håbe og tro.

"Vent ikke på det perfekte øjeblik, tag øjeblikket og gør det perfekt", har faren sagt til hende fra klippen. Hun har set det om og om igen talløse gange. Hun ødelagde øjeblikket, som hun har søgt så længe efter, da han endelig kom. Og hun ved noget, hun ikke ønskede at vide.

Vejen snævrer ind igen, hun gearer ned, der lyder endnu et klynk fra broren. Hun presser læberne sammen og mærker halsen snøre sig sammen. Hun tænker på

Lena, hjælpeløse Lena. Hvem var der for hende, da alle svigtede, hvem gør sådan noget mod et barn?

Hun kigger på Kalle, mærker en varm prikken fra brystet og helt ud i armene. Hun tager fat i hans venstre hånd og klemmer hårdt, før hun slipper og tager fat i rattet igen. Hans hånd ligger åben tilbage i hendes skød, han holder brækposen foran sig på højre side.

– Det her skal nok gå, Kalle.

Hun ville ønske, hun selv troede på det.

Tor så det, han vidste det. En brændende smerte ætser sig ind i hendes bryst, smerten kommer fra det sted i hende, hvor tabet har fæstet sig. Gennembrudssmerter, en intens og kortvarig forværring, hvor en ellers vedvarende smerte er under kontrol, hun lærte det på sygeplejerskestudiet. Især kræftpatienter kan, selv med lammende doser morfin, opleve disse pludselige og brændende smerter. Hun så det i studietiden, læste hjælpeløsheden i de skrigende tavse blikke, øjne, der ville ud af kroppen, væk fra det helvede, der eksploderede i et bedøvet og fortabt legeme. Den rystende oplevelse hjemme hos Kalle har virket, den kroniske lidelse over savnet efter faren er erstattet med uhygge. Alligevel hamrer en gennembrudssmerte gennem hende.

Nu er der igen plads til modkørende biler, men den isglatte asfalt fortæller hende, at hun må koncentrere sig, have fuld kontakt med vejbanen. Hun aner ikke, hvilken dækkvalitet Lej Et Lig opererer med, frygter, at den ikke er førsteklasses til den pris, hun har betalt.

De bliver igen indhentet af en bil. Det er blevet mørkere. Er det stadig Tor? Una træder let på bremsepedalen to gange for at signalere, at bilen er for tæt på.

Afstanden bliver ikke større.

Et skilt viser tre kilometer til den næste by, inden det går opad mod fjeldet. Stenene i vejkanten står med regelmæssig afstand for at beskytte mod den stejle skråning mellem vejen og fjorden. På den modsatte side stiger bjergvæggen stejlt opad, træer og buske bider sig fast i ingenting og vokser ud over vejen. Una forsøger at holde farten så tilpas lav, at hun kan undgå at bremse før svingene, den isglatte asfalt truer med at sende bilen i alle retninger.

Vejen bliver igen smallere og slår skarpe sving. Med korte blink med fjernlyset prøver hun at signalere til modkørende biler, at de skal vente i en af vejens passagelommer. Hun kan ikke stoppe, bilen bag vil ikke kunne klare den korte bremselængde.

KAPITEL 43

Tor mærker en sveddråbe klø på næsen, kroppen er klam og stiv. Når han indhenter hende, skal han forklare. Hun skal få at vide, hvor svært han har haft det, hvor uretfærdigt det hele er. Hvor meget han måtte yde, mens andre bare krævede. Han kan ikke gøre for, at folk elsker at sladre og glæder sig over andres ulykke. Hvad havde hun tænkt sig, at hun skulle gå ud og ind af deres hjem i Dalen, uden skam, som om alt var normalt? At ungerne ville tage imod hende uden at klandre ham for den ulykkelige, fortærende fejltagelse, han var offer for?

Det nedladende blik fra receptionisten med det slappe ansigt den aften, hvor alt brast, har forfulgt ham i alle disse år. Hun tænkte nok sit, stemplede ham, fantaserede om, hvad der var foregået, hviskede til sine venner om ham og Erna. Ydmygelsen var uudholdelig. Han havde håbet, at hun ville få endnu et slagtilfælde og forsvinde fra jordens overflade. Forsvinde fra Rema 1000, parkeringspladsen og Shell-tanken, hvor han irriterende ofte stødte ind i hende.

I lang tid så det ud til, at det skulle gå væk, han håbede, at ungen for længst havde indset, at der ikke var mere at komme efter. Det virkede, han byggede sig op efter al modgangen, mødte den respekt og ære, han fortjente. Han var tryg, måske for tryg, det indser han nu, men hun må vide – det lå altid der i baggrunden, det nappede, bed og gnavede.

Et par gange havde han været på nippet til at fortælle det til ungerne, få dét ud der værkede i ham. Men Erna, alt det de havde sammen, alt de havde gjort, det ville briste, det ville blive værdiløst. Hendes hævn, det var uudholdeligt, tre er én for meget, der findes endda en sang om det, han brændte af skam, så længe det varede.

Det bizarre syn af Kalle og Henning var heller ikke til at holde ud, bylden bare voksede og dunkede hårdere og hårdere mod den skrøbelige hinde.

Nu er det slut, det er forbi, han tager imod det som kommer. Elsk sandheden, men tilgiv fejlen, siger Voltaire, Tor bruger det i sine egne foredrag om relationer. Kjersti, Kristin og Jørgen har brug for lidt tid, og så er de på hans side. Erna har ikke noget sted at gå hen, hun vil før eller siden slutte sig til. Ungen skal være tæt på ham, være med, tage imod klapsalverne sammen med ham.

Sandheden vil sætte dem fri, ham og hende!

Tor klamrer sig til rattet. Han ligger tæt på bilen med sønnen og datteren, snart kan han passere dem og sætte bilen på tværs, stoppe dem, nå frem til hende. Bremselysene forude blinker to gange, og han forstår hentydningen. Han er en erfaren chauffør, hun behøver ikke at være bange.

Men Karl sidder ved siden af hende, har uhindret adgang, hvad fortæller han?

Han mærker fortvivlelsen stige som en trykbølge gennem kroppen. Fra en lammende følelse i benene vokser en skælvende kraft, der presser sig gennem brystet og munder ud i et uhæmmet brøl. Han læner sig frem, lader det komme, ved, at de ikke kan høre ham. Halvmånen dukker op bag en sløret sky, det glitrer i asfalten. Bremselygterne på datterens bil lyser pludselig hidsigt op, og et kraftigt, hvidt lys kommer imod ham. Han træder hårdt på bremsen og mærker hjulene blokere. Brølet fra hans bryst løfter ham og sender ham ud i et sort svæv, før alt bliver til koldt mørke.

KAPITEL 44

Una kaster et nyt blik i spejlet. I den næste lysstribe fra de høje stolper ser hun et utydeligt omrids af farens ansigt. Munden er åben, halsen er strakt ud over rattet, som om han vil springe gabende ud gennem forruden.

Et vogntog kommer imod dem i et sving, halsen snører sig sammen. Hun bremser hurtigt ned, bilen skrider lidt ud med baghjulene, men det lykkes hende lige akkurat at komme forbi. I samme sekund lyder vogntogets hidsige horn, et gennemtrængende hyl gjalder ud i mørket. Lufttrykket griber fat i bagenden af bilen, idet det store monster passerer, hun knuger begge hænder hårdt om rattet. Fingrene sitrer. Hendes øjne søger hastigt op mod bakspejlet igen. I et kort glimt ser hun at de røde bremselygter på det store køretøj lyser op. Samtidig bliver lyssøjlerne fra bilen bag hende skudt op i luften og ud til siden.

Hun retter blikket fremad igen, mærker en dunkende klump i halsen, sikrer sig, at hun har kontrol over bilen. Hylet fra vogntoget sidder stadig i hendes ører, en uro blafrer gennem kroppen. Der er ikke længere nogen bag dem.

Hun forsøger at lægge mærke til alle detaljer langs vejen, for at fortrænge synet fra bakspejlet. Et busskur med et græstag, som er ved at brase sammen. Silhuetten af et fyrretræ med to toppe, der stritter ubestemmeligt i hver sin retning. Et stort, hjemmelavet skilt, der peger mod gårdens salg af madvarer.

De passerer en campingplads, en lille, oplyst flade et stykke ud fra land bort fra den ellers stejle skrænt langs fjorden. Mod dem på vejen længere fremme er der blå lysglimt, lyset bliver stadig skarpere, og lyden af sirener kommer nærmere. Hun sætter farten ned. En ambulance nærmer sig, og hun stopper så tæt på stenene i vejkanten som muligt. Kort efter kommer brandvæsenet, der står frømænd på bilen, og til sidst en politibil, der passerer i høj fart.

Una retter blikket frem mod næste sving, de begynder at køre opad. Bilen er tung i gearet, motoren klager over hendes kørsel. Bjergsiden har fået et tyndt lag sne. Små bobler af lys er spredt ud over landskabet, som udfolder sig langs vejen, hytter med lang afstand fra hinanden. Hun manøvrerer efter de hvide striber langs kanten, her kan hun holde sig midt i kørebanen, der er kun plads til dem. De har lagt lygtestolperne bag sig. Kalle sidder med bøjet hoved og holder stramt i posen med højre hånd. Hun fornemmer en sur lugt og den stramme em af sin egen sved.

De har nået toppen, fjeldet flader ud, nu går det ligeud et langt stykke vej.

– Lidt luft, siger hun til broren og standser bilen ved en svagt oplyst rasteplads med stenbænke og et læskur.

Hun går over til passagersiden for at hjælpe Kalle ud, han vakler over til en skraldespand og smider posen væk.

– Hvad hvis han kommer?

Broren hvisker.

– Han kommer ikke, Kalle.

Telefonen vibrerer i lommen igen.

"Skal vi være bekymrede for dig, eller? Hører jo ikke en skid."

"Vent. Snart."

Hun smider et blåt hjerte på.

Den skarpe luft bider i ansigtet, både Una og Kalle samler armene om sig selv. Una vipper op og ned på tæerne. Det korte sekund bag dem, lysene som forsvandt, flimrer foran hende og sender kuldegysninger gennem kroppen. Kalle stirrer ned i jorden. Det stille mørke omkring dem føles trygt. Hun kigger op, og gennem et tyndt lag skyer ser hun svage glimt af stjerner. Plejaderne er skjult bag det grå slør over himlen. Hun orker ikke at dreje nakken og se efter Orion.

– Det er koldt, vi må videre.

Una hæver stemmen for at få kontakt med Kalle, for at trække ham ud af den verden, hun ikke har adgang til. Da hun tager ham let i armen for at føre ham hen til bilen igen, mærker hun at han ryster.

– Hvor skal vi egentlig hen?

– Vent og se.

Kalle spørger ikke mere.

Una bruger blinklyset, når hun drejer ud på vejen, selv om der kun er deres bil på det højeste punkt over bjerget. Varmeapparatet står på fuldt blus, hun tænder for radioen for at fylde bilen med lyd. En person har sprængt sig selv i luften under en politiaktion efter Bataclan-terroren i Paris, fortæller nyhedsoplæseren. Hun slukker.

Den uvelkomne følelse, der greb hende på vej til foredraget med faren, griber hende igen. Stemmen, som svigefuldt antydede, hvem hun egentlig jagtede. Hun er endelig nået til vendepunktet, men ikke på den måde, hun havde drømt om. Hvem er hun så nu?

Hun er tørstig. Broren er faldet i søvn, hans hoved bumper mod bildørens hårde karm. Hans ansigt ser blødt ud igen. Med venstre hånd på rattet sender hun en sms til Angie og lægger telefonen fra sig i dørlommen.

Nedover på den anden side af bjerget går vejen gennem mange små tunneler, hun prøver at tælle dem, men giver op efter de første syv. Hun får propper i ørene.

Efter tre kvarter møder de fjorden igen. De kører langs en oplyst vej forbi et industriområde, gårde, bådehuse, en nedlagt skole og den kaj, som de skulle være kommet til med færgen. En stor rundkørsel sender dem til venstre og ind mod forstaden. Vejen videre kan hun i blinde.

KAPITEL 45

Bilen triller sagte, Kalle vågner af den knasende lyd af hjul, der kører i grus. De stopper foran trappen til det brunbejdsede hus yderst i en række på fire. Han ser Una slukke motoren og lægge panden på rattet i nogle sekunder uden at sige noget. Hun tager en dyb indånding og stiger ud. Han følger hende med øjnene, mens hun går rundt om bilen og åbner døren for ham. Hun tripper i kulden og stryger hver hånd hurtigt op og ned langs armen på modsatte side.

Han bakser sig ud af bilen, benene føles stive efter timerne i bilen. Hvor langt har de kørt? Den skarpe, kolde luft får overkroppen til at dirre, og han lægger armene over kors foran brystet.

Una går tæt bag ham hen mod trappen, hvor en udendørs smedejernslampe lyser svagt. Han mærker hendes hånd forsigtigt mod ryggen. Han ved ikke, hvad han skal sige, kunne have spurgt hende, hvor de er, men han har en fornemmelse af, at han ved det. Uanset hvad har han bare lyst til at sove i hundrede år, ligegyldigt hvor, gerne i hendes skød. Una er også tavs, Kalle hører kun den tørre lyd af deres fodtrin i utakt mod de rustrøde fliser på trappen. Den stedsegrønne busk foran huset er pyntet med en lyskæde, og to glaskugler med frø til fuglene hænger uden for vinduet ved indgangen.

Døren går op, og en spinkel kvinde med kort, gråligt hår og en beige sweater smiler til ham. Hun træder et skridt frem, en blød hånd med en oval ring af rav griber fat i hans. Varme fra entreen når ud og stryger ham blidt over ansigtet. En stor, lodden hund kigger op fra sin kurv. En lyshåret ung kvinde rejser sig fra stolen inde i stuen og kommer hen mod ham og søsteren.